KB153009

공연예술신서 · 52

김광림 희곡집 7

김광림 희곡집 •7

공연예술신서 • 52

1판 1쇄 발행   2008년 6월 30일

지은이 | 김광림
펴낸이 | 이정옥
펴낸곳 | 평민사
　　　　서울시 서대문구 남가좌2동 370-40
　　　　전화 · 02-375-8571(代)
　　　　팩스 · 02-375-8573

　　　　　[평민사 블로그를 소개합니다]
　　　　　• http://blog.naver.com/pyung1976
　　　　　• e-mail · pyung1976@naver.com

등 록 | 제10-328호

　ISBN　978-89-7115-515-8　04800
　ISBN　978-89-7115-404-5　(set)

　값　7,000원

공연예술신서 · 52

김광림 희곡집 7

명성황후
선녀는 왜?
홍동지놀이

차 례

【뮤지컬】

명성황후

이 작품은 이문열의 희곡 '여우사냥'을 각색한 것이다.
노랫말의 일부는 양인자에 의해 다듬어졌으며 새로 지어
지기도 하였다. 초연 이후 공연이 거듭되면서 연출부에
의해 수정 보완된 대본을 여기에 싣는다.

〈명성황후〉 초연 기록

· 예술의 전당 오페라극장
· 1995년 12월 30일
· Staff

연 출_	윤호진
작 곡_	김희갑
조 연 출_	박상현, 최우진, 최진아
무대감독_	이종일
무대미술_	박동우
음악연출_	박칼린
음악지도_	서상권
안 무_	서병구
의 상_	김현숙
편 곡_	권혁순
조명디자인_	최성호, 박연용
음 향_	윤정오
소 품_	김미경
분 장_	김유선
무술지도_	장효선
기 획_	김주섭
홍 보_	송경옥
출 연_	윤석화, 홍경인, 윤치호, 권홍준, 김민수, 이병준, 채인석, 서영주, 송이주, 윤기호, 최지우, 정영주, 이혜정, 이성호, 박칼린, Luisa Naumann, Gaelyn Aguilar, 이한우, 구스타프, 장안, 원혜은, 조은정, 송남영, 박혜영, 이지연, 도정주, 임수경, 신문경, 박선정, 한반도, 김구택, 홍상모, 김상률, 이상철, 윤찬, 방진희, 주미선, 신석훈, 김도훈, 이경우, 이상규, 임재성, 김학준, 변유정, 박재은, 이경선, 정명희, 김수진, 이미남, 김현동, 권태영, 박준면, 손미혜, 손두리, 허민
어린이합창단_	엄혜진, 민경은, 서보원, 김하나, 오혜민, 김정연, 김민지, 최민경, 최슬기, 한지선, 홍소은

제1막

서막 (히로시마 영상)

일본은 선택했다 (일본법정)

주범들
일본은 선택했다, 대동아의 길.
일본의 번성이 대동아의 번영
일본의 승리가 대동아의 평화
운명은 결정되었다, 조선의 운명은
일본의 보호국이 조선의 운명.

자막1   피고 미우라 고로오는 1895년 일본국 한성주차 전권공사로 재임 시 조선 정부 내에서 친일 관리들을 해임하려는 조선 왕실의 움직임에 반발하여, 조정에 지나치게 권력을 행사하는 조선 왕비를 제거하고 조선 정부를 개혁할 계획을 세웠으며, 이에 대한 모의를 위해 일본 영사관에서 일본 장교 및 청년들과 모임을 가진 바 있다.

미우라   고로오, 이것이 사실인가?
일본의 풍요가 대동아의 번성.

일본의 승리가 대동아의 평화.

주범들　아, 우리들은 벚꽃 잎, 천황폐하의 봄을 위해 기꺼이 떨어진다. 무엇이든 한다.

자막2　피고인들이 광화문을 통과해 궁 안 왕비의 침소까지 진출하는 과정에서 수 명의 조선인 병사와 궁녀들이 살해되었으며 왕비도 시해되어 시신이 불태워졌다. 이상과 같은 사실에도 불구하고 피고들의 범행을 입증할 증거가 불충분하다. 그러므로 피고인들을 대 일본 제국 형사소송법 제 165조의 규정에 의거, 전원 석방한다.
　명치 29년 1월 20일 히로시마 지방법원 판사 요시다 요시히데.

미우라/주범들　일본은 선택했다, 대동아의 길.
일본의 번성이 대동아의 번영.
힘이 곧 정의, 힘이 곧 진리.

 제1장
왕비 오시는 날 (근정전)

궁녀들　국왕전하만세 왕비마마만세.
향기로운 이 봄날에 햇살마저 따스해라.
국왕전하만세 왕비마마만세.

만백성이 두 손 모아 기도하옵나이다.
깊은 물에 잉어 놀듯이 얕은 물에 붕어 놀듯이
물을 주어 길러낸 듯이 물결처럼 거두셔라.
십리원산에 빗발 걷듯이 용문산 안개 걷듯이
백옥산마루 이슬 걷듯이 오뉴월 문을 열친 듯
아침이슬에 가지 붓듯이 저녁녘 오이 붓듯이
동지섣달에 문을 닫듯이 어루시고 살피시라.

대원군 중전은 들으시라. 그대 주상의 반려자로
몸과 마음을 받들어 왕실을 화목하게
그대 이 나라의 국모로 필히 귀감이 되어주오.

궁녀들/신하들 십리원산에 빗발 그치듯이
용문산 산마루 안개 걷히듯
백옥산 산마루 이슬 그치듯이
오뉴월 문을 열친 듯 동지섣달에는 문을 꼭 닫듯이
어루시고 살펴지이다.

고종 아 그대와 함께 이어나갈 이 왕실
길이 보전하리다.

궁녀들/신하들 높으신 이여, 만수무강하소서.
귀하신 이여, 만수무강하소서.

민비 아 세상을 밝히는 햇살 아 눈부신 햇살 받고
전하를 섬겨 이 나라 제일의 사랑받는 여인이 되리라.
행복할거야 새들도 바람도 함께
어울리는 이곳은 아름다워.

지혜와 덕으로 살아갈 나는 이 나라 만백성의 어머니.

 제2장
대원군의 섭정 (대전)

대원군 한미한 가문출신 며느리라
외척의 세도는 다시 없으리.
이제는 반석 위에 왕실의 권위를!
신하들1 해안에 이양선이 출몰하니
민심이 심상찮사옵니다.
대원군 상감은 아직 어린 나이시니
옥체나 강건하게 보존하시오.
신하들2 대마도주가 일본이오 신왕 즉위를 고하러 왔나이다.
대원군 골치 아픈 나랏일 폐정개혁
이 아비 국태공이 처결하리다.
신하들3 러시아의 남하를 막아야요.
불란서 영국과 친교를…
대원군 군비를 공고히 하시오. 일본국의 사신들을 쫓아 보내고 백성을
홀리는 자 잡아 없애라.
신하들 대일본국 황제라 어불성설. 양이와 통함은 망국의 계책.
오랑캐가 조선 땅에 밀려오니 물리치지 않는다면 매국이라.
군비를 공고히 하랍신다. 일본국의 사신들을 쫓으랍신다.

백성을 홀리는 자 없애랍신다.

사알랑 사알랑 봄바람아 (궁정뜰)

궁녀들   봄 햇살에 잎사귀 반짝 그사이로 흐르는 바람,

여기서 한세상 끝이 나도 나는 나는 좋겠네.

고종   속치마 부대들아 신나게 놀아보자.

궁녀들   버들잎 흘러가네. 아니요, 아니요 정만 두고 님이 가요.

사랑이 떠나가네. 아니요, 아니요 사랑은 두고 님이 가네요.

고종   사알랑 사알랑 봄바람아. 꽃잎에 봄바람아.

궁녀들   살랑살랑 바람아, 내 마음 놔두고 님이나 흔들어라.

살랑살랑 바람아, 사랑을 못 참게 쉬지 말고 흔들어라.

고종   취한 술에 흔들려도 한세상, 속치마에 휘감겨도 한세상.

궁녀들   깜박 깜박 깜박할 새 날 저물어요. 이리 와서 손을 잡고 춤을 추어요.

고종/궁녀들   봄 햇살에 어여쁜 나비가 되어서 날아 보자.

여기서 한세상 미련 없이 끝나거라.

그대 아름다운 이여 (중궁전)

박상궁/김상궁   마마께선 성정을 가다듬고 마음 쓰지 마오소서.

그래도 궁 안에선 중전께서 그중 으뜸,
여인이 지혜로움 뿐이면 그 누가 따르리까?
옥체를 가꾸소서. 짙은 향엔 돌아보기 마련.
누가 그대보다 높고 강한 여인이 있나?
누가 그대보다 더 아름다운가?
중전은 이 나라의 어머니. 만백성을 품고 있네.
상감님은 진정 아름다움이 무엇인지 아시리다.

내겐 누가 님인가요 (궁정뜰)

민비 구중궁궐 깊은 곳 고적한 곳에
어린 나이 홀몸으로 들어 온 것은
이 나라 국모로서 부름을 받든 것이지만
찾는 이 없는 이 외로움을 어찌 못하니
이제는 이 몸도 소녀가 아니겠지요.
어찌할까 텅 빈 가슴
내게도 여인의 향기 있음을 그대는 아시나요?
들꽃만 찾는 그대
내겐 그 누가 님인가요, 오직 그대 아닌가요?

무과생들 황산벌판에서 무예 익힌 몸

계룡산 정기로 점지 받은 몸.

오늘 겨루어본 무과 시험

날 믿고 맡겨주면 목숨인들 합!

대대로 활솜씨는 일품인 집안

성품이 강직하여 대쪽인 가문

하나를 들으면 셋을 행하네.

날 믿고 맡겨주면 목숨인들 합! 아야!

잣나무 아래에서의 맹세 변함없어라.

갈고 닦은 무예 기다렸네.

써주기를 기다렸네.

상사디야 상사디야

이 몸 불러주기를 기다렸네.

상사디야 상사디야.

대원군 수고하셨소. 그대들의 기량을 심사숙고 검토했소.

신하 발표합니다. 담화 조박통 아원 강병찰 장원 홍계훈

대원군 경들의 무과급제를 경하하오.

그대들에 거는 기대 더욱 크오.

이번에 장원한 그대 홍계훈

경에게 특히 시위 별감을 내려

이 왕실 이 궁궐을 맡기노니 목숨 바쳐 충성으로 지키라.

고종	경에게 이 보검을 내리니 몸을 방패삼아 우리를 지키라.
홍계훈	마침내 이 검을 받았네. 우러르고 지키는 보람으로
	장부의 혼백을 다 바치리. 지켜보옵소서, 하늘이여.
	몸을 방패삼아 님을 지키리.
	누가 꺾으랴 넘치는 기상,
	님을 향한 나의 일편단심 두렵고 거칠 것이 없으리라.
무과생들	죽어도 조국을 배반치 않는 우리는 이 나라 지팡이로다.
	믿고 맡기소서, 이 나라를 한 목숨 다 바쳐서 지키오리니.
	상사디야 상사디야.

세자를 얻으리라 (궁정뜰)

박상궁/김상궁	마마!
김상궁	첫 번째 공주 잃으신 지 이태 만에 또 아이를 잃으시니 가엾어라.
민비	허망하다 하늘이여
	내님을 섬겨 지내온 세월 안타까이 흘러가고
	세손이 없는 이 왕실 어찌하리.
상궁들	세손을 얻으심이 왕비마마의 뜻만으로 되오리까?
민비	세자여!
대원군	세자는 나라의 근본 왕통을 이어감은 국가의 대사.
	후손을 잇는 당연한 아녀자의 도리도 못하면서
	언감생심 어디라고 정사에 끼어들어 감 나라, 배 나라.

민씨 족당에 세력만 키우니. 하! 발칙하기 그지없다.

민비   세자여!

대원군   세월 흘러도 후사 없으니 다른 후궁에…

고종   그럴 수는 없는 일.

상궁들   하늘 아래 비옵소서.

민비   세자여!

대원군   많고 많은 게 비빈 궁녀니 이제 눈길을…

고종   그럴 수는 없는 일.

신하들   원자 세손 있게 하오.

민비   왕세자여!

상궁들   인간 세상일들이 사람 힘으로만 되오리까?

대원군   더 이상 기다릴 수는 없는 일.

신하들   나라의 근본이니 왕통을 이으소서.

  국가의 대사이니 결정을 내리소서.

고종   결코 그럴 수는 없는 일.

상궁들   하늘의 뜻이 통해야하리. 하늘의 뜻이 통해야하리.

민비   진령군을 불러라!

수태굿 (내전)

진령군   세상이 부정이고 인간세상부정이니

  애 낳을 때 첫울음 소리에 부정일세.

남자부정 여자부정 궂은 부정 거리에서 따른 부정
불부정 뉘부정 피부정 누린 부정 비린부정
삼신할머니께 든 부정을 풀어라.
하루속히 옥동자를 삼신님이 후대 지성님이 돌려주시고
이번 삼신부정 풀고 삼신정성들이고
삼만 석 달 넘기 전에 중전마마 기주님께
먼 산에 해가 솟듯 달이 뜨듯
밥에서는 생쌀 내 나게 허고
물에서는 횟감 내 나게 허여
금독에 애기를 안게 허여 안태복중 몸이 되게
열 달을 곱게 채워
명 타고 복을 탄 사당지기 봉사지기 돌리어
중전마마 대주무릎 우에 높이 높이 안게 해주시고
해산달에도 화경에 물 쏟듯이
순산케 해주시오.
태조대왕 마마님 내리신다.

들어라 천년사직 이어나갈 옥동자의 울음소리가 들리지 않느
냐?
여인의 몸이나 장부의 기상
이 나라 앞날이 너의 손에 달렸구나!

제3장
양이와의 전투 (불특정 공간)

서양함장들　친구하고 싶어요, 문 좀 열어 주.

이 억 만 리 배를 타고 찾아왔는데

우리하고 친하면 끝내주는데

이 배안에 온갖 물건 다 들어있어

좋은 말로 할 때 문 좀 열어 주.

대원군　친구를 사귈 때도 예의가 있는 법.

혼자서 좋다고 친구가 되는가?

우리는 아직 그대들을 친구로 맞아들일

준비가 되어있지 않았어. 알겠는가?

예의에 어긋난 행동은 뒷탈이 있는 법.

좋은 말 이를 때 뱃머리 돌려서 총총히 가시게.

서양함장들　싸우려고 그러는 게 진짜 아닌데

이런 식으로 나오시면 섭섭하잖아?

문 좀 열어 주, 문 좀 열어 주

말로 해서 안되면 서로 피곤하잖아?

대원군　물리쳐라!

군사들/백성들　훠이 훠이 양이들이 몰려온다! 훠이 훠이 물러가라. 물러가라!

훠이 훠이 훠이 훠이 물러가라, 물러가라!

대장　성문을 닫아라!

군사들/백성들　훠이 훠이 훠이 훠이 포구마다 이양선.

대장　　깃발을 올려라!

군사들/백성들　훠이 훠이 훠이 훠이 물러가라, 오랑캐들!

대장　　방어진지를 구축하라!

군사들/백성들　훠이 훠이 훠이 훠이 물러가라, 이 땅에서!

대장　　포수들은 앞으로!

군사들/백성들　이 세상 만백성은 하늘이 내었으니

대장　　우포 장전!

군사들/백성들　우포 장전!

　　　　　저마다 먹을 것은 하늘이 줄 것이요.

대장　　좌포 장전!

군사들/백성들　좌포 장전!

　　　　　훠이 훠이 훠이 훠이 사람의 목숨도

　　　　　훠이 훠이 훠이 훠이 하늘이 내었으니

　　　　　아 시절이 험하다손

　　　　　아 홀홀히 죽겠느냐?

대장　　공격!

군사들　양이들이 물러간다!

　　　　　우리가 이겼다!

제4장
건강하게 자라소서 (내전)

상궁들   벌써 문소리에 고개를 돌리시네.

두 또렷한 눈망울 오똑한 코,

두 분 닮으시니 이미 벌써 성군의 풍모.

부디부디 지혜롭게 자라소서.

장차 이 나라의 기둥으로 자라시겠네.

부디부디 건강하게 자라소서.

당신은 조선의 왕이십니다 (내전)

민비   주상께서 왕위에 오르신 지 어언 십 년.

하지만 국사는 국태공 저하께서 돌보시고

주상은 허울 좋은 이름뿐,

하릴없이 세월만 흐르니 나라의 앞날이 심히 걱정스럽습니다.

고종   오늘의 이날이 있기까지 아버님 공덕이 크시지요.

민비   당신은 조선의 왕이십니다

국사는 모름지기 왕께서 직접 돌보셔야죠.

고종   아버님의 굳은 의지가 아니라면 외세는 어찌 막고

신하들 파당과 백성들의 넋두리, 누가 다스리나?

이 나라를 끌고 갈 이 오직 국태공 저하 한 분.

민비	어찌하여 외세를 막을 생각만 하실까?
	나라에 도움 되게 이용할 생각도 하셔야지요.
	파당과 백성들의 넋두리 모두 주상께서 직접 돌보셔야 할 일들.
	주상은 뒷짐 지고 구경만 하시나요?
고종	하지만 저하께서 저렇게 정정하신데 무슨 수로 자식이 아비를
	내치겠소?
민비	내치다뇨, 가당치도 않은 말씀. 당신은 조선의 왕.
	왕이 해야 할 일을 하셔야죠. 친정을 선포하세요.
고종	친정을?
민비	친정을!
고종	어떻게 내가 감히? 어떻게 그런 일을, 아버님께 내가 어찌?
민비	당신은 조선의 왕이십니다.
	나라는 왕이 다스리는 법. 친정을 선포하세요.
고종	아, 내 손으로 아버님을… 내 입으로 그 말을 해야 하나?
민비	당신은 조선의 왕이십니다. 왕이십니다.
고종	지금부터 섭정을 폐한다.
	과인이 친히 국사를 돌보겠노라.
민비/신하들/궁녀들	기뻐하라, 결단하셨다. 전하께서 일어나셨다.
	누가 손바닥으로 해를 가리겠는가?
	전하는 바로 조선. 전하는 조선의 운명.
	이제 조선은 다시 떨쳐 일어나리라.

세상이 나를 필요로 할 때까지 (불특정/경복궁 담길)

대원군　언젠가 와야 할 날 이렇게 온 것뿐인데,

이맘 왜 이렇게 허탈하고 답답한가?

할 일은 태산인데 이렇게 떠나는가?

내가 왕실 안에 호랑이를 키웠구나.

이제 초야에 묻혀 난이나 치다가

적적하면 옛 친구와 술도 한잔 치자꾸나.

세상이 한 번 더 나를 필요로 하는 날이 언제 다시 올지

그 아무도 모르는 일.

 제5장
고종의 어전회의 (대전)

고종　병자년에 나라 문을 열어놓고

바다 밖 문물을 받아들였으나

백성들에게 혼란만 준 것은 아닌지…

외적만 끌어 들인 건 아닌지…

신하들　이 나라 풍속을 바꾸고 고침은 하늘과 땅이 노하리.

달도 차면은 기울어지고 세상 모든 건 다 변하네.

해를 등지고 어이 살까? 바꾸고 고침은 시대의 순리.

세월은 소중해 스스로 커야만 이 나라 보존 하리니

새로운 것은 가치 있는 것 새로운 것은 아름다운 것.

개화만이 이 땅, 이 왕실을 보존시키는 방책이리라.

고종   수구파 개화파 다투는가? 그 다툼에 과인은 지쳤노라.

개화는 병자년에 이미 결정 되었고, 이제는 옛날로 갈 수는 없

어.

신하들   개화로구나, 개화로구나. 개화만이 조선의 살길.

새록새록 거듭남만이 이 땅 이 왕실 보존하는 길.

새로운 것은 가치 있다네. 새로운 것은 아름답다네.

성인도 시속을 따라야하지. 해를 등지고 어이 살까?

신하들   (패거리로 나눠) 조선은 예로부터 중화와 더불어

세계의 중심으로 영광 있으리라.

다가올 시대는 아메리카, 아메리카는 우리의 희망.

미국과 맺어야만 우리가 살 수 있다.

그대들 아직도 모르는가? 북방의 사자 노서아의 힘.

우리가 의지할 곳은 오직 러시아.

미국은 너무 멀리 있고 러시아는 너무 늙었다.

조선이 기댈 곳은 오직 일본.

아니야, 중화중화중화 청국과 친해야 살 수 있어.

아니야, 미국미국미국 미국과 맺어져야만 살아.

아니야, 노서아노서아 노서아만이 우리의 살길.

아니야, 일본일본일본 조선의 선택은 일본 뿐.

아니야 아니야 아니야 아니야.

고종   그만들 두시오.

그들은 모두 딴 겨레 딴 나라 외세만 의지해 어찌 살꼬?

버릴 수도 없고 품을 수도 없어 마음을 잡을 수가 없네.

민비 전하께오서는 근심 마오소서. 백 사람 백 가지 말을 하게하고

백 나라 백 가지 문명으로 오게 하소서.

그들은 그들에게 맡기소서.

승냥이와 이리는 먹이를 나누지 않는 법.

서로가 서로 엿보는 사이에

문물을 일으키고 힘을 키워 가면 우리의 날 올 수 있으리다.

경들은 잊지들 말라 무엇이 바탕인지를

모두가 방책일 뿐 이 나라 방책일 뿐.

어느 쪽 주장이든지 어느 편 믿는지 간에

이 나라 이 왕실 언제나 먼저 기억하라.

7인의 사절 (불특정 공간)

중국 청국과 조선은 형제의 나라.

러시아 조선 북부의 러시아가 공장을 세워주겠소.

미국 하이 미국은 조선과 친구할래요. 경성과 제물포간에 철도 쫙 깔

아주면 물자운반 사람 왕래. 오, 베리 베리 굳!

영국 우리 영국은 조선에 은행을 세워 금융업 가르쳐 주리, 오케이?

일본 영국은 먼 나라. 미국도 먼 나라. 철도 부설은 일본이 맡아야하오.

중국 불가. 내 허락 없이 조선 내에서는 어떤 사업도 불가. 불가.

프랑스 신부는 프랑스. 프랑스제 신부 예수를 믿어보소솨~

독일 노다지, 금 노다지 모조리 캐고 캐서 우리 반반씩 나눕시다.

서양전체 서양은 선진국 동양은 후진국. 조선 발전은 서양이 도와주겠어요.

중국 불가 불가 불가 불가. 내 허락 없이 조선 내에서는 어떤 사업도
불가. 불가.

일본 일본은 이미 조선 내에서 사업을 시작하였지.

서양전체 오~노~

 제6장
왜상과 게이샤 (기생집)

왜상들 와타시노 조선이노 사랑 하무이다. 조선이노 좋아 하무이다.
내 돈을 쓰게 비싼 이자로 못 갚으면 알지?
와타시와 조선이노 좋아하무이다. 조센징은 우리노 말을 너무
잘 들어.
내 밑에서 일해라 싼값으로. 얻어맞고 채여도 굶지는 않아. 하
하하.

게이샤 이거 어쩌지 참 큰일 났네, 한눈에 반해 버렸으니.
이리 오세요. 제가 갈까요? 한바탕 놀아 봐요.

왜상들/게이샤 말만해라, 조선에 있는 거라면 뭐든지 주마.
문 닫고 놀까요?

응 빗장을 탁! 걸어.
조선이와 정말 좋은 나라요.
조선에선 돈 벌기가 식은 죽 먹기.
순진한 놈 속여먹고 부자 놈들 등쳐먹고
좋아 싹싹 긁어가자, 좋아 몽땅 훔쳐가자.

먹을 것은 먹고
뺏을 것은 뺏고
놀 땐 놀더라도
훔칠 건 훔치고.

이리와요 나만 봐요, 이 술잔 받으세요.
오늘 밤이 깊어가네. 호호호 홀딱 벗고 즐겨 봐요. 돈을 더 쓰
세요.

어차피 가진 것은 돈 뿐. 옛다 먹어라!

좋아요 좋아, 너무 너무 좋아. 아주 좋아.
좋아요 좋아, 너무 너무 좋아. 아주 좋아.

구식군들 봉록은 받았나?
쌀 반에 모래가 반일세.

왜상들 소문은 들어봤나? 민비에 대한 원성이 높아.
개화 때문에 다 죽어간대. 멍청한 조센징들.

구식군들　이놈에 세상 못 살겠네. 이게 다 민비 때문일세. 엎어 버리자!

왜상들　거참 이상하네. 정말 왜 그러지?

　　　　우리들은 민비 덕에 활개치고 다니는데.

게이샤　동서남북 찾아봐요. 호호호. 우리들은 정말이지 예쁘고 잘 빠졌

　　　　죠.

왜상들/게이샤　좋아요, 좋아. 너무 너무 좋아. 아주 좋아.

임오군란 (선혜청 앞)

구식군들　일본놈들을 다 잡아 죽이자!

　　　　민비를 찾아라!

김상궁　마마 여기 평복을 준비했사옵니다. 어서 몸을 피하시옵소서.

홍계훈　중전마마, 사태가 위태롭사옵니다. 어서 소신을 따르시옵소서.

구식군들　삼천리 방방곡곡 솟구친다, 찬란한 승리의 함성들.

　　　　우국의 깃발들 휘날리며 우리는 단결 전진한다.

　　　　민비와 왜놈들의 작당 속에서

　　　　우리는 핍박받고 설움에 받쳐, 외세의 횡포아래

　　　　싸우자 일어나자, 분연히 일어서는 우리 군대!

　　　　다시금 떠오르는 만백성의 태양이여!

대원군　일찍이 장부의 삶을 걸어 내가 이루려 한 건

　　　　이 나라 폐정 개혁과 당권의 강화.

　　　　이제는 쇄국이다 쇄국으로 이 나라를 지키리.

구식군들 척화와 척왜는 우리의 나아갈 길.

싸워서 지키자 내 나라 내 강토.

이 나라 살리는 우국충정 뜻 세워 여기에 이르니

대원군 저하를 옹립하여 개화를 물리치자.

대원군/구식군들 옥좌에 위엄이 서리면

그 누구도 다시는 이 땅을 넘볼 수 없으리.

쇄국의 기치를 높이 올려 조선의 앞날을 지키자.

새 역사 움트는 조선이여, 찬연이 빛나리라, 충성!

다시 권좌에 (대전)

대원군 이번의 난리는 그 깊은 뿌리가 민씨 족당에 있음이라.

흉흉한 민심 가운데 중전의 행방이 묘연하다 하여

도처로 사람을 보내 찾아 봤으나 객사 하였다는 소문이라.

중전의 자리는 막중하여 오랜 시일 비울 수가 없는 법.

개각이 급하니 장례부터 치루어 마무리 짓도록 하라.

그리운 곤전 (대전)

고종 어제 밤도 꿈꾸었네, 내 어린 시절 즐거웠던 날들.

연 날리고 제기 차며 뛰놀았지.

아버지의 야망에 끌려 왕좌에 오른 지 이십 년.

오백 년 사직과 삼천 리 강토에 짓눌려

하루도 편하지 않은 가위 눌림과 같은 나날.

궁금하다, 황천후토 뜻하심이여!

고단한 이 몸을 통해 무얼 하려는가?

사납고 거칠어진 백성 무리지어 일어나고

대신들은 제 한 몸만 돌보려 하는구나!

아 곤전 죽었는가, 살아있는가?

어질었던 백성들 어디가고 이런 일이 생겼나?

아 그리운 곤전.

우리는 환궁하리라 (충주사가)

민비 어리고 순한 나의 백성들 모두 어디로 가버렸는가?

반역의 난민 생겨났다면 충성스런 의병도 있을 터.

나를 위하여 목숨 건 그대 노고가 많았다.

오, 그대여 내 그대를 어디서 보았던가?

홍계훈 아닙니다, 왕비마마 돌보는 건 신하의 도리.

하잘 것 없는 이 몸 홍계훈, 마마의 그림자.

너무도 눈부셔 슬픈 사람아, 바람결에 스쳐버린 우리의 인연.

그날 당신을 보질 않았던들 뒷골목 떠도는 한낱 흥 선달.

안심하소서. 세상 끝까지 마마를 지키리다.

민비   이 몸 전하를 홀로 두고 어린 세자를 버려두고,

　　　　달빛도 아파 바라볼 수 없네. 곧 환궁해야 하리라.

민비/고종/홍계훈　우리는 곧 돌아가리라, 궁으로 곧 돌아가리라.

　　　　난군도 이 나라의 백성 근심을 함께 하리라.

 제7장
청나라로 끌려가는 대원군 (청군 막사)

대원군   청국은 역시 대국이오. 요리를 보면 알 수 있지요. 정말 잘 먹었

　　　　소이다.

원세개   먼 길 떠나실 텐데 든든하게 먹어 두시는 게 좋지요.

대원군   먼 길?

원세개   황제께서는 조선국의 난리의 책임자로 저하를 소환하셨소.

　　　　잠시 다녀오셔야겠소.

대원군   뭐라구?

원세개   뭣들 하느냐? 빨리 모셔라.

대원군   짐작은 하였으되 너무 간교 하구나. 국왕의 아비로서 이리도 능

　　　　멸 받고,

　　　　대권이 무슨 소용이며 개혁은 어찌 하리?

　　　　내 자칫 이리 쫓은 사냥개가 되고 말겠구나.

고종을 협박하는 이노우에 (대전)

이노우에 조선군은 일본군 소유의 건물을 파괴하였습니다.
일본인 군인과 민간인을 살상하였으며
일본인의 재물을 약탈하였습니다.
일본국 천황폐하를 대신하여 요구합니다.
조선국왕은 천황폐하께 공식 사과하시오.
반란의 주모자를 처형하고 가담자들도 처벌하시오.
지난 난리의 손해배상금으로 오십만 원을 일본국에 즉시 지불
하시오.

민비환궁, 우리는 곧 일어나리라 (대전)

궁녀들 왕비마마 오신다.

이노우에 뭐라고?

궁녀들 돌아가신 줄 알았던

이노우에 죽었다던 민비가?

궁녀들 왕비마마 살아오신다.

이노우에 언제 청나라를 등에 업었던 말인가?

궁녀들 설설 끓는 물에 덕을 주시었네. 산 범을 안긴 듯, 쌍룡 태운 듯
그렇게 무사히 돌아오시었네. 우리의 왕비마마.
젖은 옷은 벗겨내고 마른 옷은 깃을 잡아

	야윈 데는 더하시고 헌 데는 핥으시어
	아름다운 우리 왕비마마 만수무강케 하소서.
고종	거칠고 사나운 폭도에 쫓겨 거친 들을 헤매던 가여운 그대.
	이제야 그대를 다시 또 맞으니
	꿈에서 깨인들 구름 걷힌 듯 안심하시오.
	이제 다시는 헤어지지 않으리다.
민비	이제 국왕의 권위 되찾고 외세 각축을 방비하소서.
	전하를 위해 만백성 위하여 이 한 목숨 바치리다.
전체	우리는 곧 일어나리라, 조선의 새 아침 밝으리.
	보아라, 이 왕실의 권위 영원히 지켜 가리라.

정한회의 (일본 정부 모 처)

이또	대동아의 번영을 위한 우리의 과업에 박차를 가할 시기에 이르렀다.
각료/낭인	대동아의 공영을 위해 조선 반도, 만주 나아가 중국 본토까지
	우리의 영향력을 확장해 나가야 한다.
	지사와 낭인들이 곳곳에서 활약하고 있고
	내각의 대신들도 우리 사람으로
	군대와 경찰도 장악할 계략이 다 서 있지만
	왕비가 걸림돌이 될 것이오.
	그러나 아무리 조선이 꺼져가는 등불이라 할지라도

　　　　　　상대는 일국의 왕비. 신중을 기해야 할 일.

이또　　그래서 신중한 인물을 뽑아두었지.

　　　　　　소개 하리다, 미우라 군을.

　　　　　　언젠가 긴요한 시기에 대일본 제국을 위해 목숨까지

　　　　　　내던질 수 있는 애국지사 미우라!

전체　　우리는 황성 앞뜰의 벚꽃 잎. 천황 폐하의 봄을 위해 기꺼이 진

　　　　　　다. 국사 목숨 던져 나아가는 길, 타는 불 끓는 물이 두려우랴?

　　　　　　대일본이 명하면 어디든 간다.

　　　　　　대화 혼이 시키면 무엇이든 한다.

제2막

 제8장
화관무 (경회루)

개혁을 축원해 주오 (경회루)

고종/민비 이제 개혁으로 나라의 기틀을 새롭게 한 것은

사색편당을 버리고 국내경제의 기틀을 다시 하여

군민과 반상이 합심하여 풍요로운 국가를 건설하자는 것.

여러 신하와 백성들이 따르기를 당부하오.

여러 나라의 관심과 후원에도 감사하오.

이제 민생은 안정되고 나라는 풍요해지리니

경들과 여러 공사 부인들도 함께 축원해 주시오

이노우에 다가올 시대는 동양의 시대. 아름다운 왕비마마,

지근한 이웃 일본이 어찌 그 뜻을 돕지 않으리까?

민비 전하께서는 노서아와 더 친밀한 사이가 되었으면 하시는데…

베베르 그것은 노서아도 바라는 바이지요.

민비 그런데 무엇 때문에 어려운가요, 일본 때문에?

이노우에 우리 일본은 동양 평화의 초석을 다지고 있사오니

요동반도와 대만의 경영은 조일화합 첫걸음.

베베르 노서아는 적절한 때를 기다리는 중…

민비　지금이 그 적절한 때!

고종　자! 조선의 안녕과 선린 우호를 위해 다 함께 축배를 듭시다!

다같이　조선에 아침이 밝아오네, 조선에 개화 꽃이 피어나네.

일찍이 우리를 이끌었던 공맹의 가르침은 끝났다.

새롭게 변하고 거듭나는 길만이 조선이 살길.

우리의 하늘은 쓸모없는 것을 기르지 않으니

우리의 문물과 풍속은 오백 년 열성의 은덕.

옛것은 지키고 새것은 보태야 하리라.

동도서기, 조선의 도덕에 서양의 문물.

조화로운 문명국가 나라의 힘을 키우면

열강들과 우리 나란히 어깨 하리라.

조선은 열성의 노고로 세워진 아름다운 나라.

날은 새기 전이 가장 어둡고 촛불은 마지막에 다시 타는 법.

지금이 날 새기 전의 어둠 조선의 날도 이윽고는 밝으리.

조선의 앞날을 위하여 잔을 드소서!

이상하다 눈꽃 날리네 (어느 골목길)

아이　(참요) 이상하다 눈꽃 날리네. 눈꽃 날려 매화꽃 덮네.

눈꽃 녹아 흐른 후엔 매화꽃 없네. 매화 없는 봄봄.

이상하다 눈꽃 날리네. 눈꽃 날려 매화꽃 덮네.

눈꽃 녹아 흐른 후엔 매화꽃 없네. 매화 없는 봄봄.

제9장
미우라의 벌주를 마시리 (편전)

이노우에 조선엔 아직 현대식 교육을 받은 인재가 적으니
　　　　　외국의 인재들을 고문관으로 초빙하심이 어떨지?
　　　　　우리 일본은 신식 근위대를 길러
　　　　　왕실의 안전을 공고히 할 것이며
　　　　　아울러 조선왕실에 삼백 만원의 차관을 주선하여
　　　　　내정개혁의 비용에 충당하게 할 뜻이 있습니다.

민비 외국의 인재란 너희를 뜻하는 것이렷다. 너희가 가르치고
　　　너희가 기른 군대, 어찌 이 왕실의 근위대일 수 있으리?

이노우에 듣건대 조선의 국정은 중전 마마가 좌지우지 한다던데
　　　　　발 뒤에 머무는 것을 보니 아녀자의 본분은 아시는 분.

민비 내가 발 뒤에 머문 것은 여인의 법도를 지키고자함도 있으나
　　　멀리 보고 마음의 눈으로 보고자한 뜻.
　　　나라와 나라가 돈을 주고받을 때는 다 뒤를 생각하는 법.
　　　그대가 셈하는 계산은 무엇이오?

베베르/독일공사/프랑스공사 　전하께서는 마땅히 기뻐하소서. 마침내 황제께
　　　　　서 결정하셨으니
　　　　　일본은 강탈한 요동을 되돌려주고 배상금도
　　　　　독일과 프랑스도 동참하리니.

이노우에 조선과 그대의 운명은 끝났다. 무서운 여인
　　　　　국제정세가 변하면 일본의 정책도 바뀔 것.

그대는 내가 권하는 술을 마다했으니,
이제 미우라의 벌주를 마시게 되리라.

삼국의 간섭과 아다미 별장 (편전/아다미 온천 별장)

고종/민비/베베르/독일공사/프랑스공사 일본은 용케 청나라를 이겼으나
들인 힘에 비해 얻은 것은 없으리.
이웃을 업신여기고 침략하는 일, 꿈꿀 수는 없으리.
이제 한 나라의 횡포 다시는 없을 것이니
동양평화의 초석은 다져지리.
세 강국과 동시에 싸우지 않으려면
일본은 굴복하지 않을 수 없을 것을.
조선에서의 방자한 날뜀도 끝이리.
일본은 이제 다시 작은 힘만 믿고 작은 힘만 믿고
이 나라와 이 왕실을 능멸할 수 없으리.
세 강국과 동시에 싸우지 않으려면
일본은 굴복하지 않을 수 없을 것.
미우라 총리대신 각하의 명을 받은 이 미우라.
내가 원하는 건 국사에 깨끗한 이름.
바라는 바는 일본을 위해 죽는 영광.
고종/민비/베베르/독일공사/프랑스공사 조선에서의 방자한 날뜀도 끝이리.
일본은 이제 다시 작은 힘만 믿고, 작은 힘만 믿고…

낭인들   조선 왕실은 무능하고 관료는 썩어

　　　　　민심이 흩어진 지는 오래된 일.

고종/민비/베베르/독일공사/프랑스공사   이 나라와 이 왕실을 능멸 할 수 없으리.

낭인들   우리 일본을 어렵게 만들고 있는 것은

　　　　　동아시아를 노리는 러시아의 세력.

　　　　　민비는 그 세력이 화근인 줄도 모르고

　　　　　우리 일본을 내쫓으려는 마음 하나로 그 세력을 기르고 있나이
다.

　　　　　이제 방법은 하나 민비를 없애는 일.

미우라   궁궐 안에 여우가 있다.

낭인들   장군께서 뜻을 정하소서. 즉시 따르리다.

미우라   여우 뒤에는 노서아라는 호랑이.

　　　　　여우는 호랑이의 힘을 빌려 우리를 몰아내려 한다.

　　　　　우리는 아직 호랑이 사냥할 힘은 없고

　　　　　좋다! 여우사냥이 먼저다.

　　　　　여우를 베어 일본의 어려움을 덜고

　　　　　찬연한 대동아의 길을 열리라.

　　　　　자! 제군들!

다같이   조국을 위해 목숨을 거는 영광에 동참하라!

이상하다 눈꽃 날리네 (어느 골목길)

이상하다 눈꽃 닐리네. 눈꽃 날려 매화꽃 덮네.
눈꽃 녹아 흐른 뒤에 매화꽃 없네. 매화 없는 봄봄, 봄이 아니네.

 ### 제10장
총명하고 심성 어진 우리세자 (궁정뜰)

대제학 세자 저하, 어제 배운 것들을 한번 말씀해 보시지오.

세자 옛글에 부자지간에 친함이 있다 하고

대제학 군신유의는요?

세자 군신 간에는 의로움이 있으며

대제학 그럼 부부유별은요?

세자 부부지간 구별 있고

　　　어른 아이 간엔 순서가 있으며

대제학/세자 친구 간에는 믿음이 있어야 한다 쓰여 있으니

　　　바로 이는 인륜지도 밝힌 뜻이지요.

고종 총명하고 심성어진 우리 세자,

　　　옥좌를 이어나갈 우리 아들.

　　　이 나라 앞날은 새 시대 세자와 젊은 인재들의 시대.

고종/민비 지난 열성조 치세보다 더 밝고도 강한 나라 일으켜야지.

　　　아, 우리 세자 굳세고 지혜로운 성군으로 자라라.

이 왕실 우뚝 설 그날 앞당겨야 하리.

미우라의 알현 (편전)

내관   일본공사 미우라 알현이오.

미우라   신임일본국 공사 미우라.

　　　　일찍이 군문에 발을 들여 놓았으나

　　　　즐기느니 풍류요 믿느니 부처라.

　　　　한성의 풍월이나 즐기면서 참선이나 하다가

　　　　틈이 나면 경문을 베껴

　　　　세상의 안태를 비는 것도 이 몸의 일.

민비   조선은 다사다난한 나라,

　　　　일국의 공사 자리가 그렇게 한가로울 수 있을까.

미우라   청나라의 분탕질도 끝나고 동학의 무리도 소탕되었습니다.

　　　　전하께서는 영명하시고 왕비께서는 슬기로우시니

　　　　이 몸에게 무슨 분주함이 남으리오.

고종   온후하고 부드러운 인품

　　　　쓸데없는 탐욕은 부리지 않을듯하오.

민비   저자의 가면을 벗겨 보았으면. 저 달콤한 말 속에는 독이 들어

　　　　있고 간교한 웃음 뒤에는 칼날이 숨어있으리.

　　　　훈련대를 해산해야 합니다. 일본의 수족을 궁 안에 두고 있는

　　　　격.

일본이 더 깊숙이 손을 뻗기 전에 노서아를 끌어들여 방패를 삼아야 하리다.

고종 노서아를 끌어들이면 다시 이 땅에
전쟁의 불씨가 옮겨오는 것은 아닐지?

민비 그래도 일본을 견제할 나라는 노서아 뿐.
미국은 너무 멀고 중국은 병들었으니,
전하!

 ### 제11장
사태는 급변했다 (일본 공관)

미우라 제군들 사태가 급변했다. 우리가 여우사냥에 동원하려 했던
조선훈련대는 내일이면 없어진다.
따라서 우리의 거사는 앞당길 수밖에 없게 됐다.
그럼 다시 한 번 각자의 역할을 확인하겠다.
스기무라! 인천에 있는 오카모도군에게 전보를 쳐 부르도록!

스기무라 하이

미우라 대원군을 끌어들이는 것은 이번 거사의 핵심중의 핵심.
일본군 수비대의 출동에는 문제가 없을 줄로 안다.
그런가!

낭인들 하이

왕비는 오늘 불어공부를 하신다 (중궁전)

손탁   왕비마마 오늘은 불어 공부를 하겠어요.

저를 따라 해보세요.

엉 쥬르 르샤 아 미 세빠 당정 트루 드 수리.

(Un jour, le chat a mis ses pas dans un trou de souris.)

자… 시작해요.

손탁/민비   엉 쥬르 르샤 아 미 세빠 당정 트루 드 수리.

손탁   오 마이 왕비마마, 트레비앙. 하나를 말하면 열을 꿰뚫으시는군요.

마마의 비상함에 저는 두 손 다 들었습니다.

민비   두 손은 이렇게 드는 것이지 요렇게 드는 게 아니지요.

이 술이 식으면 (일본 공관)

미우라   자! 제군들 이 술은 천황폐하께서 내리신 술.

한성에 가족이 있는 자는 미리 유언을 남기고

본국에 가족을 두고 온 자는 유서를 써라.

이 술이 식으면 누군가의 몸에서도 온기가 빠지고

다음 해 벚꽃 흩날릴 때 한낱 먼지로 흩어지리라.

잘 오셨소 (중궁전)

민비   이서 오시오. 복잡한 국제정세 파당으로 지고 새는 내정.

        근심을 잠시 잊으려 한가한 시간을 갖고 있는데

        정말 잘 오셨소.

손탁   이 세상 어떤 여왕보다 기품 높으신 분.

        힘과 지성을 아울러 갖추신 여걸,

        민완한 정치가 유능한 외교관.

        왕비마마가 계심으로 조선도 지켜지리.

러시아 공사부인/미국공사부인   노서아를 믿으세요. 우리가 지켜보는 한 조선

        은 안전하리.

        미국도 조선왕실의 위급을 방관하지는 않으리.

살생의식 (일본 공관)

미우라   자! 건배!

        천황 폐하를 위하여!

낭인들   천황 폐하를 위하여!

제12장
세자와 민비 (중궁전)

민비   엉 쥬르 르샤 아 미 세빠 당정 트루 드 수리.

　　　　세자 따라해 보세요.

세자   엉 쥬르 르샤 아 미 세빠 당정 트루 드 수리.

　　　　어마마마 이 말씀이 무슨 뜻입니까?

민비   고양이가 쥐구멍에 앞발을 내밀어요.

　　　　쥐는 고양이의 발을 알아보지요.

　　　　그래서 쥐가 고양이 발에 불을 질렀대요.

　　　　다시 한 번 해볼까요?

　　　　내 나이 어릴 적 세자만할 때, 여염의 아이로 자랐어라.

　　　　구경 좋아하고 얌전한 체하는

　　　　그런 천진했던 소녀였었지.

세자   넓고 깊은 궁에서 자라난 소자 궁금해요, 궁궐 밖 모습.

　　　　소자는 커서 어른이 되어 넓은 세상 보고 싶어요.

민비   그럼 그래야하지. 기특하다, 우리 세자.

　　　　꿈을 크게 가져야지.

　　　　위로는 두 딸을 잃은 후

세자   첫 아들 품안에 안았을 때

　　　　어미의 마음은 하늘을 등에 업은 듯, 땅을 안은 듯.

민비/세자 이제 씩씩한 나라의 기둥이 되어

　　　　저 넓은 세상을 맞으리라, 우리.

그대를 어디서 보았던가 (중궁전)

민비 박상궁, 세자를 동궁으로 모시게.

웬일이시오, 이 밤중에?

홍계훈 긴히 드릴 말씀이 있습니다.

민비 그래 홍계훈 장군 무슨 일이오?

홍계훈 일본의 동태가 심상치 않사옵니다.

훈련대 해산의 전교를 거두소서.

우리 군사는 아직 길러지지 못했고

강한 일본군은 이 땅에 남아 있나이다.

불충의 무리가 틈을 탈까 두렵습니다.

민비 쇠는 달았을 때 때리고 쇠뿔은 단김에 빼야 하는 법.

훈련대 해산의 어명은 이미 내려졌소.

홍계훈 마마의 뜻이 정녕 그러하시면

천한 이 몸은 오직 모셔 받들 뿐,

소신 이만 물러가겠나이다.

민비 잠깐… 내 진작부터 장군에게 묻고 싶던 게 있소.

장군을 대할 때마다 어디선가 본 듯한 느낌. 우리가 어디서 만났었소?

나의 운명은 그대 (중궁전)

홍계훈　물으시니 답하리다.

이 몸 젊었을 때 망나니로 떠돌다가

고향집 담 너머로 살며시 엿본 그대.

그날 그때부터 나의 운명은 그대였네.

이 밤이 마지막 밤이 될지라도

그대와 이 왕실 몸 바쳐 지키리다.

하늘이시여 도우소서,

내 사랑하는 사람 위해 죽게 하소서.

천둥번개 (중궁전)

세자　어마마마!

민비　세자 어인 일로?

세자　어마마마, 오늘은 어마마마와 같이 자겠어요.

민비　새삼스레 그 무슨?

세자　무서워요. 천둥소리 어둠이 무서워요.

민비　천둥은 자연의 이치, 어둠은 하늘의 섭리.

비바람 걷히고 밝은 해 뜬 아침을 생각하세요.

세자는 장차 이 나라를 이끌어 가실 분.

건강하고 영명하게 자라나셔야 합니다.

세자　알겠습니다, 어마마마.

어두운 밤을 비춰주오 (중궁전)

민비　왜 이리 아침은 더디 밝는가?

　　　이 가슴은 왜 이렇게 서늘한가?

　　　어리고 약한 세자, 어질고 후덕하신 전하.

　　　호롱불 아래 오손 도손 얘기 나누며

　　　한세상 정답게 살수도 있었으련만.

　　　기구하고 힘겨워라, 이 땅의 왕비여!

　　　한 목숨 보존조차 힘들었던 삼십 년,

　　　이 나라 왕비 됨도

　　　하늘의 뜻인 것을 알아

　　　기꺼이 그 짐을 지기는 지겠지만,

　　　누가 나에게 빛을 다오. 어둔 밤을 비춰다오.

제13장
왕비를 해치지 마라 (광화문 앞)

대원군　반란을 일으킨 훈련대를 해산시켜 달라고 나를 여기까지 끌고

　　　　왔는데 반란을 일으킨 훈련대가 어디 있느냐?

오까모도 훈련대고 뭐고 알 바 없소.

나 오까모도의 임무는 오직 여우 사냥.

대원군 무엄하구나. 여우사냥이라니?

가마를 돌려라. 나는 돌아가겠다.

오까모도 국왕 전하 침소와 동궁이 이미 포위된 걸 아실 텐데, 하나뿐인 전하 목숨 어찌할까?

아들 손자 나란히 시체가 되는 꼴을 보고 싶소이까?

대원군 그래도 왕비를 해쳐서는 안 된다.

왕비는 이 나라의 국모.

오까모도 문을 열어라! 담을 넘어라!

여우를 찾아라!

홍계훈의 최후 (궁궐 담길)

홍계훈 내 한 몸 왜적에게 당하는 것은 아무것도 아니다.

두 분 마마의 안녕이 걱정.

제군들! 몸을 바쳐 꺼져가는 사직을 되살리는 기름과 유황이 되자.

조준, 조준.

사격!

서라! 나는 훈련대의 연대장 홍계훈.

이곳은 국왕전하와 왕비마마 계시는 정궁.

아무도 이 문을 넘지 못한다.

불충한 신은 먼저 갑니다.

마마, 부디… 마마!

왕비의 최후 (중궁전)

김상궁   왕비마마 피하소서. 어서 빨리 피하소서.

민비   전하와 왕세자를 놔두고 나 혼자 어디로?

김상궁   총소리가 났습니다. 옷을 바꿔 입고 피하옵소서.

민비   나의 대신들, 나의 장수들은 모두 어디 있는가?

나의 백성 나의 군대는 어디로 사라졌는가?

아, 이제는 또 어디로 피해 숨어야 하나?

국왕 전하께서는 무사하신지? 왕세자여, 왕세자여! 너도 무사한

지?

김상궁   고귀하고 지엄하신 왕비마마, 들짐승에 쫓기듯 위험을 당하시

니 차마 마주 뵈올 수 없는 모습, 가슴이 찢어지네.

신하   무엄하다! 이놈들 감히 어느 안전이라고?

썩 물러나지 못할까?

왕비를 찾아라 여우를 죽여라 <small>(중궁전)</small>

낭인들   왕비를 찾아라. 여우를 죽여라.

　　　　　왕비가 어디 있느냐?

궁녀들   모른다. 나는 모른다.

낭인들   왕비를 찾아라. 여우를 죽여라.

　　　　　왕비가 어디 있느냐?

　　　　　누가 왕비냐?

김상궁   내가 왕비다.

낭인들   이년이 민비다!

박상궁   안 된다, 이놈들!

민비   김상궁, 박상궁!

세자   어마마마!

민비   세자!

　　　　　이 몸이 죽어도 끝나지 않으리.

　　　　　하늘이여 이자들을 지켜보소서, 지켜보소서!

미우라   여우사냥은 끝났다.

　　　　　태워라!

낭인들   태워!

이제 나는 어찌 살꼬 (중궁전)

세자   어린나이 힘이 없어
          어머니를 지키지 못하고
          원수들의 칼날에 베이어 떠나보냈으니,
          이제 나는 어찌 살꼬?
          이 나라는 어찌 될꼬?

궁금하다 황천후토 (불특정 공간)

고종   궁금하다 황천후토 뜻하심이여!
          한 목숨 보존조차 힘들었던 삼십 년.
          기구 하여라, 힘겨움만도 한스럽더니
          이제 다시 기막힌 날을 보네.
대원군   열강들 사이에 낀 고달픈 왕조,
          죽지 못해 보게 되는 기막힘이여!

맺음막

백성이여 일어나라 (불특정 공간)

백성들   애통하다 왕비마마,

       사라지는 불꽃이여!

민비   우리 조선은 고요한 나라, 착하고 순한 백성들!

       걱정은 오직 험난한 시대, 이 땅을 어찌 지킬꼬?

백성들   수려한 강산 비옥한 들판 짓밟혔네.

       우리들의 왕비마마 애통하게 가셨네.

       간악한 일본, 짓밟힌 들판. 어허허허…

       이 수모와 이 치욕을 우리 어찌 잊으리?

민비   알 수 없어라, 하늘의 뜻이여.

       조선에 드리운 천명이여.

       한스러워라 조정의 세월, 부질없는 다툼들.

       바위에 부서져도 폭포는 떨어지고

       죽음이 기다려도 가야 할 길 있는 법.

       이 나라 지킬 수 있다면 이 몸 재가 된들 어떠리?

       백성들아!

민비/백성들   일어나라, 일어나라!

       이천만 신민 대대로 이어 살아 가야할 땅.

       한 발 나아가면 빛나는 자주와 독립.

       한 발 물러서면 예속과 핍박.

용기와 지혜로 힘 모아
망국의 수치 목숨 걸고 맞서야하리.
동녘 붉은 해, 동녘 붉은 해 스스로 지켜야 하리.
조선이여 영원하라, 흥왕하여라!

― 끝

선녀는 왜?

김광림 작

나오는 사람들

(금강마을)

박첨지	용머리집
나무꾼	선녀
사공이	사공처
사냥이	절름이
안경이	밥통이
시장	경찰 1, 2

(도시의 홍등가)

둥기	망구
경찰관	순애
꼬미	

산받이와 악사들

〈선녀는 왜?〉 초연 기록

· 의정부 예술의 전당
· 2007년 11월 22일
· Staff

연　출_	변정주
제작감독_	이승엽
음악감독_	최영석
안　무_	박준미
작　곡_	김동근
무　대_	조은별
조　명_	이유진
분　장_	이동민
의　상_	최원
의 상 보_	김미나, 이민주
장단지도_	고기혁
사　진_	유희정
그래픽디자인_	김상태
조 연 출_	신재훈
홍보,마케팅_	박지영, 김보림
프로듀서_	이희경
출　연_	박승우, 장재화, 오대석, 김시정, 최우성, 정태민, 최윤형, 석　영, 문정수, 김명기, 김완, 박선민, 박선혜
악　사_	최영석(타악), 김동근(대금), 박준구(피리), 천지윤(해금)

1. 탈고사

광대패들이 길놀이를 하며 관객 사이를 지나 무대 위로 오른다. 무대 위에는 마을 어귀에 흔히 있음직한 오래된 나무가 한 그루 서 있다. 길놀이가 마무리 되면 탈고사가 시작된다. 탈을 나무 아래 모아 펼쳐놓고 향과 촛불을 컨 후 악사들이 그 옆에 자리 잡으면 무당의 소리가 시작된다. 꼭두쇠가 먼저 탈을 향해 세 번 절하고 나머지 광대들이 따라 절한다. 탈고사가 진행되는 도중에 바닥에 눕혀져 있던 박첨지 탈이 춤추듯 슬며시 일어나 인간 박첨지로 변한다.

2. 선행에 대한 첫 번째 보답

박첨지　(무대 중앙으로 뛰어나오며) 여보게, 여보게!

산받이　노친네가 난데없이 웬 소란인가?

박첨지　웬 소란이 아니라 지금 큰일이 벌어지고 있네, 큰일이!

산받이　지금 고사 지내잖나? 어서 돌아가 얌전히 있어!

박첨지　고사가 문제가 아니여. 금강마을에 경사 났네, 큰 경사가 났어. (덩실덩실 춤추며) 나비야, 나비야 청산가자. 호랑나비야 너도 가자!

산받이　왜 이 난리야?

박첨지　저기 여자가 나타났어, 젊은 여자가!

산받이　영감이 거짓말이 난당이네. 해먹을 게 없어서 모다 도시로 뜨는 마당에 난데없이 젊은 여자가 뭔 소리여?

박첨지　정말이라니까 그러네. 팔다리가 나풀나풀, 치맛자락 하늘하늘, 엉덩이가 씰룩씰룩, 입술은 쫑긋쫑긋. 온다, 저기 온다!

못난이 처녀가 쿵광쿵광 걸어 들어온다.

산받이　정말이네.

박첨지　뭔 속낸지 자네가 좀 물어봐주게.

산받이　그러지. (못난이에게) 네가 누구냐?

못난이　제가 예쁜이여요.

산받이   오, 그래. 너 참 예쁘다. 너 어디서 왔느냐?

못난이   산 두 개 너머 강 하나 건너 도시서 왔어요.

산받이   도시서 여긴 왜 왔어?

못난이   신랑감 찾으러 왔어요.

산받이   신랑감을 왜 여기서 찾어?

못난이   도시가 징그러워. 도시가 징그러워.

코러스   (떼로 달려 나오며)

　　　　　여자다!

　　　　　저기 여자가 있다. 여자가!

　　　　　먼저 차지하는 놈이 임자.

　　　　　아니, 아니 그건 아니, 절대 아니

　　　　　힘 대결로 임자를 정해야지.

　　　　　덤벼라, 한판 붙어보자.

박첨지가 심판을 보는 가운데 무대 여기저기서 씨름판이 벌어진다. 모두 나가떨어지고
뱃사공과 나무꾼만 남는다.

　　　　　무꾼이는 천하장사

　　　　　누구도 상대가 안 되지.

　　　　　모래판의 승부는 가려봐야 아는 법

　　　　　팔심은 사공이가 더 세잖나?

씨름은 팔심이 아니라 뚝심.

가려보고 자시고 할 것도 없지.

박첨지 (둘이 막 씨름을 시작하려는데) 무꾼아! 사공애비가 낼모레면 세상 뜰 텐데 손주 얼굴 한 번 보는 게 소원이란다.

무꾼 나는 모른다, 몰라.

사공 창피하게 왜 이래요?

박첨지 창피하기는 이 사람아! 대가 끊기는데 창피한 게 문제냐? 무꾼이! 알았지?

무꾼 몰라, 나 몰라!

박첨지 모르기는? 자, 어떻게 하나 한번 보자.

씨름이 시작된다. 사공이 무꾼이를 번쩍 들어 바닥에 내동댕이친다. 환호성.

코러스 무꾼이가 일부러 져줬다는 얘기도 있던데

그것은 소문일 뿐, 아무도 모르는 일.

무꾼이만이 알고 있는 일. 아니,

아마도 하느님은 아실지도 모르는 일.

사공이가 처녀를 두 팔로 안고 무대를 돈다.

경사 났다 경사가 났어!

도시에서 돌아온 처녀는
사공이와 새살림 차렸는데

무꾼이는 선행의 보답으로
아름다운 선녀를 얻었네.
어떻게 선녀를 만났는지는
우리 모두가 잘 아는 이야기

무꾼이가 무대 한편에 선녀의 날개옷을 곱게 접어 감춘다. 잠시 후 알몸의 선녀가 등장
하자 무꾼이가 자기 윗도리를 벗어 선녀에게 입힌다.

선녀   내 옷 어디다 감췄나요?

무꾼   아니, 그게 아니고…

선녀   아니긴 뭐가 아니, 그렇구만. 옷 돌려주세요.

무꾼   아니, 그게 아니라…

선녀   남의 옷을 훔쳐놓고 왜 자꾸 아니 아니.

무꾼   아니, 그게 아니고…

선녀   아니긴 뭐가 자꾸 아니 아니.

무꾼   밖에서 이럴 게 아니고, 일단 어디 안으로 들어갑시다.

선녀   엉큼하기 짝이 없는 이상한 남자.
        허구 많은 옷 중에서 하필이면 내 옷을
        벌거벗은 내 몸 훔쳐보면서
        무슨 생각했나요, 징그러워

하느님, 이 사람 좀 어떻게 해주세요.

하느님, 하느님!

3. 다리굿

박첨지　여보게, 선녀 저것이 진심인가, 앙탈인가?

산받이　젊은 사람들이 그러려니 하고 넘어가야지 노친네가 돼 갖구 자네 아직두 철이 덜 들었네그랴.

박첨지　그런가?

산받이　아, 그렇지.

박첨지　그나저나 시장님이 새로 오셨는데 금강마을에 다리를 놓으신다네.

산받이　거 참 잘 된 일이네.

박첨지　큰 굿을 올리자는데 어쩌나?

산받이　올려야지.

박첨지　그럼 자네가 우리 용머리집을 좀 불러줌세.

산받이　그러지. 마른내 샛골 용머리집네!

용머리집　왜 불러!

산받이　시장이 다리굿을 올리자시네.

용머리집　굿 안 해!

산받이　왜 안 해?

용머리집　부정 탔어!

산받이　그러니까 굿을 해야지!

용머리집　다른 데 가서 알아봐.

산받이　아, 마을에서 굿을 올리는데 자네가 해야지 누가 하나?

용머리집 거 참 성가시게 구네. (등장하며) 장개 못 들고 죽은 총각귀신 놈들이 사방에 득실거리는데 굿이 잘 될랑가 모르겠다.

용머리집이 굿을 시작한다. 그동안 외로움을 이기지 못해 강물에 빠져 죽은 총각귀신들이 여기저기서 기어 나온다.

용머리집 영정 가망으로 부정 가망
　　　　　시위들 하소사
　　　　　해상년 연으로 정해 년 해운이고
　　　　　해동 조선국 강원도라 금강마을에
　　　　　서러운 강 금강이라 큰 다리를 짓는데
　　　　　성명과 존대로 새로 오신 시장님 가중이오
　　　　　부정한 일이 많았구나!
　　　　　어이쿠! 저 귀신들 좀 봐라!
　　　　　앉아서 본 부정, 서서 들은 부정, 눈 들은 부정에 귀들은 부정이오.
　　　　　손으로 맨진 부정, 입으로 왼긴 부정,
　　　　　머리 끝에도 백나비 센나비 부정.
　　　　　머리 풀어서 발상두 부정이며, 은하수 곡성도 부정이오,
　　　　　산에 올라서 산 머구리, 들에 내려서 땅 머구리,
　　　　　마루 너머 오는 부정, 재 너머 오는 부정, 강바람 타고 건너오는 부정,
　　　　　신실이 적적이 물리쳐 줍소사.

총각귀신들이 용머리집을 쓰다듬다가 치마를 들치기도 한다.

어이쿠! 총각 놈들이 한꺼번에 떼로 달려드는구나.
내가 힘에 부쳐서 안 되겠다. 저리 물렀거라, 이눔들아!
아무리 아랫도리 고픈 귀신이라도 순서가 있지 않느냐, 이눔들아!
시위들 하소사.
부리 불사는 신에 불사 승자 세치는 후대 제석님
자 세치 고깔 제석님
항아리 백항 제석
바가치루년 년줄 제석
중 불사 승 불사 조상불사님과
일곱분 칠성제석님과 인하월 받으시구
오늘 수천왕 육천왕에 삼신 제석님이 인하월 받으시구
정성덕 신사덕 입혀주소서.
시위들 하소사.
어이쿠, 제석님들 납시기두 전에 저눔들이 난장을 치는구나!

총각귀신들이 용머리집의 치마 속으로 들어간다.

저리 물렀거라 이눔들아! 부정 탄다!
어이쿠, 어이쿠, 아랫도리에 홍수가 난다!

용머리집이 실신한다.

4. 청아

금강마을서 강 하나 건너서 산 두 개 너머 있는 도시. 개천가에 있는 홍등가의 늦은 오후. 윈도우 앞에 놓인 평상에 망구가 앉아 발톱을 깎고 있다. 30대 초반 정도 되어 보인다. 한참 나이의 순애는 윈도우 창가에서 화장을 하고 있고 어린 꼬미는 만화책을 보다가 가끔씩 까르르 웃는다.

망구 발톱이 왜 이렇게 빨리 자라는지 모르겠어.

순애 너무 많이 해서 그런 겨.

망구 너는 이년아, 그럼 발톱 매일 깎아야겠다.

순애 붉은 매니큐어를 너무 많이 칠하니까 그럴지도 몰라.

옆방에서 칭얼대는 소리가 들린다.

꼬미 쟤 또 저러네.

망구 (관객에게) 동생 아이에요. 여기서는 그냥 청아라고 부릅니다. 귀가 가렵대요. 늘 저렇게 이상한 소리를 낸답니다.

순애 어린 나이에 너무 많이 해서 저러는 겨.

꼬미 열다섯이 뭐가 어려, 심청이도 그 나이에 팔려갔는데.

순애 심청이가 몸을 팔았냐, 이년아!

꼬미 몸을 팔았지.

순애 미친년!

꼬미 정말이야. 인당수 어쩌구 하는 건 다 뻥이구 사실은 중국에 몸 팔러 간 거라던데.

망구 너는 누가 빠꼬미 아니랄까봐 참 아는 것도 많다.

꼬미 만화책에서 봤어.

망구 (관객에게) 나이도 나이지만 여기 오는 애들이 대부분 스스로 자기 자신을 지킬 능력이 부족한 애들이죠. 저부터도 그랬구요. 여기서 청아의 존재는 비밀입니다. 경찰서장이 새로 왔는데 여자라고 하더군요. 아주 독종인가 봐요. 특히 미성년자 단속을 심하게 한대요. 그래서 재를 병원에도 못 데려가고 있죠.

중년여인의 악쓰는 소리.

꼬미 아이, 시끄러!

망구 (관객에게) 주인아줌마예요. 또 하수구가 막힌 모양이에요. 우리 머리칼 때문이라는데 머리칼 말고 다른 것도 있을 거예요, 아마. 하수구는 막히면 안 되죠. 오물이 넘쳐서 거리로 역류하면 도시 전체로 역겨운 냄새가 퍼지니까. 그래도 참 좋은 아줌마예요. 지난 겨울 저 아이 집이 망해서 온 식구가 길거리로 나앉게 됐는데 아줌마가 삼천만 원을 선뜻 내주고 저 아이를 데려왔잖아요? 어린애 몸뚱아리 하나 보고 현찰 삼천만 원 덜컥 내놓는 사람이 이 세상에 포주 말고 누가 또 있겠어요? (다시 악쓰는 소리) 야, 이년들아, 누가 좀 가봐라!

꼬미, 만화책을 팽개치고 퇴장. 순애는 계속 화장을 하고 망구는 발톱을 다시 깎는다.

암전.

5. 노동의 의미 1

무대 뒤편에서 코러스들이 다리 놓는 공사를 하고 있다.

코러스 (노래)

돌려 돌려 물길을 돌려

에헤라 철썩, 물길을 돌려

세워 세워 기둥을 세워

어여차 풍덩, 기둥을 세워.

박첨지 (울며 등장) 여보게!

산받이 왜 울구 자빠졌어?

박첨지 아, 자빠지긴 누가 자빠졌다고 그래? 그게 아니라, 우리 용머리 집네가 굿 올리다가 산매가 들려가지구 반신불수에 벙어리가 되었는데 이 일을 어찌하면 좋겠는가?

산받이 마을에 동티가 났어.

박첨지 그게 다 새로 온 시장 놈이 부정이 타서 그런 거여. 내 아무래두 우리 용머리집네 웬수를 갚아야 쓰겠네.

산받이 자네가 무슨 수로 웬수를 갚아?

박첨지 내 시장 이놈을 잡아놓고 주리를 틀어야겠네.

산받이 자네가 시장을?

박첨지 내가 이래뵈도 왕년에 힘깨나 쓴다는 놈들 여러 명 메다꽂지 않았는가?

산받이 자네가 그랬던가?

박첨지 암, 그렇고 말고. 그런데 저놈들은 뭐가 좋다고 저렇게 쌔빠지게 일만 하는가?

산받이 아, 좋아 그러나? 시장이 시키니까 할 수 없이 하는 거지.

박첨지 당장 오늘 저녁 끼니 걱정해야 할 놈들이 다리는 뭔 다리여? 어찌됐건 내 이판사판 후딱 가서 시장 놈 주리를 틀고 와야겠네. (퇴장)

산받이 무꾼아!

무꾼 왜여?

산받이 왜여는 이눔아, 모두 이리 좀 나와 봐!

무꾼 지금 바빠.

산받이 토론시간이다. 모다 이리루들 나와!

무꾼 토론이 뭐야?

산받이 그게 엄청 재미난 거니까 어서 나와!

무꾼 알았어.

모두 산받이 주변으로 모인다.

산받이 오늘의 토론. "인간은 왜 일을 하는가?" 무꾼이부터!

무꾼 나무를 팬다.

산받이 그래서?

무꾼 열심히 팬다.

산받이   왜?

무꾼   재밌으니까.

산받이   그리고?

무꾼   시장에 갖다 준다.

산받이   시장에 누구?

무꾼   선녀.

산받이   선녀!

선녀   나무를 판다.

산받이   그래서?

선녀   열심히 판다.

산받이   그리고?

선녀   돈을 모은다. 열심히 모은다.

산받이   돈은 왜?

선녀   돈이 없으면 살 수가 없잖아요?

코러스   돈이 없으면 살 수가 없잖아요?

산받이   좋아, 좋아. 사공이!

사공   노를 젓는다. 강을 건넌다.

사공처   배를 타세요. 내 배 타세요.

사공   강을 건너 물건을 나르고, 강을 건너 사람도 나르고.

산받이   그래서?

사공   그래서 우리 마을 먹고 살잖아요?

산받이   그리고?

사공   나는 겨우 입에 풀칠이나 하는 거지, 뭐.

사공처   밤에는 내 배를 타잖아?

사공   그 짓도 돈이 없으면 못해, 이 주책아!

사공처   돈이 없어도 잘만 하두만!

사공   애새끼가 나오잖아, 바보야!

코러스1   돈이 없으면 그 짓도 못해. 돈이 없으면 그 짓도 못해.

코러스2   돈이 있어도 할 데가 없어. 돈이 있어도 할 데가 없어.

산받이   알았다. 알았어. 다음은 사냥이!

사냥이   사슴을 잡아라, 노루도 잡는다.

산받이   그래서?

사냥이   고기는 시장에 팔고, 뿔따구는 따로 판다.

산받이   따로 어디?

사냥이   강 하나 건너, 산 두 개 너머 도시로, 도시로.

절름이   나도 간다. 따라간다.

사냥이   삐까뻔쩍 도시로 가면

절름이   나도 간다. 따라간다.

사냥이   뿔따구 하나만 팔아도, 밥도 먹고 술도 먹고 사랑도 한다.

코러스   밥도 먹고 술도 먹고 사랑도 하고!

산받이   너네들 참 팔자 좋구나. 다음은 안경이!

안경이는 대답 없이 밭은기침만 한다.

산받이   안경이, 인간은 무엇 때문에 일을 하는가?

안경이   (기침을 참으며) 가난도 기침처럼 감출 수가 없지요. (다시 기침)

산받이 가난이 뭐가 어떻게 됐다구?

안경이 기침처럼 감출 수가 없다구…

산받이 그게 뭔 말이여?

안경이 여기는 하늘 아래 가장 가난한 마을.

산받이 그래서?

안경이 우리가 아무리 뼈 빠지게 일해도 계속 뼈 빠지게 일만 해야 하는 이유는 도시 사는 사람들과 노동의 가치가 다르기 때문이다. 예를 들어 사냥이가 도시 가서 사슴뿔 하나 팔아서 친구들 하고 밥도 먹고 술도 먹고 여자도 사지만, 약재상은 그 뿔을 잘게 썰어서 수백 군데 의원에다 판다. 약재상은 그 한 조각만 갖고도 밥도 먹고 술도 먹고 여자도 사지. 그러면 사냥이가 한두 달 씩 산속을 뛰어다니다가 사슴 한 마리 잡는 노동의 양과 약재상이 그 뿔을 잘게 써는 노동의 양을 비교해보면… (다시 기침)

산받이 아, 말이 너무 많다. 다음은 밥통이!

밥통이 나는 밥을 먹는다.

산받이 그래서?

밥통이 나는 밥을 안 먹으면 일을 할 수가 없으니까.

산받이 밥은 어디서 나는데?

밥통이 엄마가 차려준다, 엄마가.

산받이 밥통이는 그냥 통과. 다음은 저기 아줌마!

안경이 (기침을 멈추며) 그러니까 내 말은…

산받이 짧게 좀 해라, 짧게!

안경이 내 말은 노동의 양이 같은데 직업에 따라 수입의 격차가 열배 백

배씩 생기는 세상에서는, 소위 잉여가치가 삶의… (다시 기침)

사냥이 안경이 너는 뭐가 그렇게 잘났냐?

안경이 지금 니 얘길 하는 거잖아?

사냥이 내가 왜? 뭐가 어때서?

안경이 이런 불공평한 세상을 그냥 보고만 있을 거야?

사냥이 거, 깜냥 없이 좀 놀지 마라.

절름이 안경이 입장도 이핼 해야지.

사냥이 입장은 무슨 입장?

절름이 단칸방에서 쫓겨나서 끼니도 거르잖니?

사냥이 맨날 불평만 늘어놓으니 그 모양이지?

절름이 그래도 너 너무하는 거 아니냐?

사냥이 너 이 자식 지금 누구 편이야?

절름이 편은 무슨…

선녀 여러분! 싸운다고 일이 해결되나요? 어려울 땐 서로 도와야죠. (치마 안주머니에서 돈을 꺼내 안경에게 건네며) 이거면 방 한 칸은 구할 수 있을 거예요. 이제 끼니만 해결하면 되겠네요.

안경이 이런 돈을 왜?

선녀 받으세요.

코러스 와, 돈이다!

선녀가 웬 돈을 저렇게 많이…

워낙 알뜰하지 않나?

알뜰한 게 아니라 완전 짠순이구만!

열심히 일해서 돈 모은 게 죄냐?

열심히 일한다고 돈이 모아지나?

한 냥이 열 냥 되고 열 냥이 백 냥 된다. 울 엄마가 그랬다.

십시일반, 우리도 얼마씩 보탭시다.

마을 사람들, 돈을 걷는다.

무꾼 가진 돈을 몽땅 다 줘버리면 어떡해?

선녀 (노래)

살기 위해 돈이 있는 거지

돈 때문에 사는 게 아니잖아요?

주머니 속에 돈이 줄어들면

마음속에 기쁨은 늘어나죠.

그러니까 나누세요, 조금씩

돈도 나누고 기쁨도 나누어요.

6. 발전과 행복의 함수관계 1

박첨지 (바삐 등장하며) 시장님 오시네. 모두들 모이세! 시장님이 기쁜 소식 한보따리 갖고 오시네. 빨리들 모여!

산받이 여보게, 박 노인!

박첨지 왜 그러나?

산받이 자네 참 싱거운 사람일세.

박첨지 젊은 사람이 어른한테 못하는 소리가 없네 그려.

산받이 아, 시장 주리 틀러 간다던 양반이 시장의 늙은 개가 돼서 돌아왔네 그려.

박첨지 예끼 이 사람아! 모르는 소리 하지 말어.

산받이 왜, 내 말이 두동싸게 들리는가?

박첨지 두동이 아니라 석동 넉동싸네.

산받이 그럼 어디 자네 발명 좀 들어보세.

박첨지 그러지. 아, 내가 시장 방에 문을 떡 열고 들어가서 '오늘 내가 자네 주리를 좀 틀어야겠다.' 이랬더니 이 친구 두 무릎 꿇고 두 손 싹싹 비는데 내가 점잖은 체면에 그렇게 야박하게 놀 수가 있겠는가? 그래 내 "이번만은 특별히 용서해줄 테니 이담부턴 그러지 말거라." 이렇게 말루다 잘 타일렀다네.

산받이 오, 그랬어?

박첨지 아무렴, 내가 누군가?

산받이 그랬단 말이지?

박첨지 아, 이 사람아! 살다 보면 바람이 오늘은 이쪽에서 불고, 내일은 저쪽에서 불고 그런 거 아닌가? 나 지금 바쁘니까 나중에 얘기함세. (마을사람들을 향해) 저기 줄 좀 맞춰 앉고. 시장님이 오늘 기쁜 소식 잔뜩 들고 오시니까 기대들 하고. 아, 거기 아줌마! 다리 좀 오므리고 앉아. 뭐야? 아줌마가. 다리를 떡 벌리고 앉아서… 앗, 시장님 나오십니다.

시장 등장. 술을 실은 수레가 따라 들어온다.

밥통이 시장님이다. 안녕하세요, 시장님?

시장 안녕들 하세요? 살기가 힘들지요? 얼마나 고생들 많으십니까?

사공 네 정말 힘듭니다.

박첨지 이 사람이! 시장님 앞에서…

시장 아니에요. 여러분들 힘든 거 내가 누구보다 잘 알아요. 나도 젊어서 안 해본 일이 없는 사람입니다. 시장으로서 공사다망한 가운데도 불구하고 오늘 이렇게 갑자기 여러분을 찾게 된 것은 여러분의 삶을 보다 윤택하게 해줄 그런 기쁜 소식을 전하기 위해서입니다. 다름이 아니라 우리 고장, 산 좋고 물 맑아 금강, 인심 좋아 살기 좋은 금강이 어찌어찌하다보니 인근 다른 고장에 비해 삶의 질이 무척 뒤쳐져 있다는 것입니다. 세계는 바야흐로 속도의 전쟁 단계로 돌입하고 있습니다. '먼저 보고 먼저 쏘자!' '먼저 찾아 먼저 먹자!' 이런 무한경쟁의 시대에 강 한 번 건너는데 반나절, 산 하나 넘는데 하루씩 걸려서야 우리가 장차 어떻게 살 아남을 것이며 우리 후손에게 무엇을 물려줄 수 있겠습니까, 여러분! (박수) 그래서 저 이달수, 어떻게 하면 우리 금강을 잘 사는 마을로 만들 것인가, 부하직원들과 함께 불철주야 고심하던 끝에 (손에 든 책자를 들어올리며) 이렇게 금강종합개발 5개년 계획을 완성하게 된 것입니다, 여러분! (박수) 여러분들 다리 놓느라 고생 많이 하는 거 다 알고 있습니다. 이제 다리만 놓으면 그리로 화차 들어옵니다. 화차 들어오면 외지로 물건들 많이 팔고 또 사들이고 그러다보면 사람들 꼬이게 되고 그럼 우리 노총각들 장개드는 거 아무 걱정 없습니다. (박수)

사냥이 정말로 장개갈 수 있나요?

박첨지 이봐! 시장님 말씀 도중에…

시장 아니에요. 괜찮아요. 다리 놓이고 삼년 안에 신부감 못 찾으면 내가 시장 자리 내놓고 중매쟁이 할게요. (환호) 아무 걱정 마세요. 도로망을 확충하겠습니다. 제가 근무하는 청사를 중심으로 열두 갈래의 포장도로를 새로 내 금강을 사통팔달의 고장, 물류의 중심 고장으로 만들겠습니다, 여러분! (박수)

사공 다리가 놓이면 우리 같은 뱃사공들은 무얼 먹고 사나요?

박첨지 아, 저 사람이…

시장 새로운 일거리를 찾아야지요. 제가 일자리 만들어놓겠습니다. 여러분, 이제 바뀌어야 삽니다. 캐캐묵은 옛날 사고방식 다 갖다버리고 새 시대의 새 흐름을 좇아야합니다. 다리가 놓이면 예전에 하루에 한두 번 다니던 걸음 열 번이고 백 번이고 다닐 수 있습니다. 어느 쪽을 택하겠습니까? 다리지요, 여러분? (박수) 네, 그렇습니다. 이제 바뀌지 않으면 못삽니다. 여러분들은 그저 내 계획대로 일만 열심히 하면 됩니다. 그럼 모두가 잘 먹고 잘 살 수 있습니다. 오늘은 이 정도로 하고 다음번에는 오늘보다 더 기쁜 소식 가지고 여러분들 찾아오겠습니다. 자, 오늘의 구호는 '일하자, 잘 살자' 입니다. 내가 '일하자' 하면 여러분들은 '잘 살자' 해주세요. 일하자!

일동 잘 살자!

시장 아, 좋아요, 좋습니다. 여러분들 고생하는데 힘내라고 내가 오늘 막걸리 한 수레 받아왔습니다. 오늘은 맘껏 마시고 즐겁게 놉시다. (박수)

사람들이 수레 주위로 몰려간다. 시장이 선녀에게 다가간다.

시장 나무 한 동아리만 보내주시오, 좋은 놈으루.

선녀 나무요?

시장 내가 쓸 일이 있어. 사람 보낼 테니까 같이 오세요. 계산도 그 때 할 테니까.

선녀 무꾼씨 편에 보낼게요.

시장 아니에요. 내가 바로 사람 보낼게요. 이따 봅시다.

시장이 경찰1에게 귓속말을 하더니 퇴장한다. 박첨지는 시장을 좇아나간다.

코러스　시장님 고맙습니다! 이게 얼마 만에 마셔보는 술이냐?

그게 어디 지 돈인가? 나랏돈을 지 주머닛돈처럼 쓰는 거지.

사람이 이렇게 매사가 부정적이야.

시장이 선녀에게 흑심 품은 거 아닐까?

저, 저 저런 사람들 때문에 세상이 쓸 데 없는 말로 어지러워지는 거라.

멀쩡한 남자가 선녀보고 흑심이 안 생긴다면 그게 더 이상한 거지.

저… 저… 저런 음흉한 놈들이 있나?

남의 밑짝을 곁눈질하면 안 되지.

무꾼이만 오쟁이 지게 생겼구나.

얼마 전에 큰돈 들여 장만한 나룻배는 어쩐다?

시장님이 알아서 해주실 거야.

뱃일 그만두면 뭘 해서 먹고 사나?

시장님이 일자리 찾아준다잖아?

그 말을 믿을 수가 있나?

시장이 잔뜩 일 벌여놓고서 뒤로 돈 **빼돌리는** 거 아닐까?

호랑이 담배 먹던 시절 얘기하고 있네.

시장 딸이 대국에 유학 가 있다던데.

공부를 잘하나보지.

공부 잘한다고 다 유학갈 수 있나?

못난 놈이 꼭 저런 소리 하더라.

시장 딸이 대국에서 공부는 안하고 연애질만 한다더라.

애를 섰다던데?

그렇다더라, 저렇다더라, 지겨운 것들.

결혼을 한다더라.

결혼을 했다던데?

혼수로 대국에다가 호화저택을 사줬다던데?

시장 월급이 얼만데?

물려받은 유산이 많다나, 뭐라나?

그게 아니라 처갓집 재산이 많다더라.

더라 더라 더라통신 제발 좀 그만하자.

저 자식은 시장의 쁘락치여.

저런 유언비어가 나라를 망치는 거여.

저런 자식은 감옥에다가 처넣어야 해여.

패싸움이 벌어진다. 그 사이 경찰이 등장하여 선녀를 데리고 나가려한다. 싸움은 이제 경찰1을 응원하는 사람들과 이를 말리는 사람들로 바뀐다. 지게 작대기로 경찰1을 두드려 패는 무꾼. 경찰1이 쓰러지고 무꾼이 선녀를 데리고 나간다. 암전.

7. 노동의 의미 2

윈도우를 밝힌 울긋불긋한 빛으로 물든 개천가로 남자들이 한둘씩 지나간다. 망구 혼자 창가에 기대 서 있다.

망구   (노래)
남들은 사랑을 한다지만
이 나이에 그게 뭔지 난 몰라,
더운 입김에 역겨운 술 냄새.
끈적이는 땀, 젖은 아랫도리
그게 내가 아는 사랑의 전부.

살기가 힘들어도 여기는 불황을 모른답니다. (취객이 지나간다) 놀다 가세요! 쳇. 나는 오늘 개시도 못 했는데 청아는 벌써 세 탕 째예요. 청아는 몸이 안 좋아서 걱정이에요. 귀가 가렵다더니 이제는 목구멍이 아프대요. 큰일이에요. 병원에 가봐야 하는데 쉬쉬하면서 못가고 있어요. 어리니까 찾는 남자들이 많아요. 참 이상하죠? 남자들은 무조건 어린 여자만 좋아해요. 자기들 나이는 생각도 안 하고.

경찰이 어슬렁거리며 등장한다.

경찰   손님 많아?

망구   아직 개시도 못했어.

경찰   망구도 이제 한물갔구나.

망구   고마워, 오빠.

경찰   너희들 내일 2시까지 서로 집합이다.

망구   무슨 일?

경찰   서장 특별 담화.

망구   뭔 담화?

경찰   두시까지 늦지 말고 와. 안 오면 너네 주인 벌금이야.

꼬미   (일을 마치고 나오다가) 어머, 아저씨 왔네. 나랑 놀다 갈래?

경찰   드럽다, 이년아. 저리 비켜!

꼬미   (허리춤을 잡고 아랫도리를 비벼대며) 놀다 가자, 응?

경찰   저리 안 비켜?

둘이 실랑이를 벌이다가 경찰의 모자가 벗겨진다. 돈 봉투가 우수수 떨어진다.

꼬미   와, 돈이다, 돈!

꼬미가 돈 봉투를 집어 들고 좋아하는데 순애도 튀어나와 좋아라고 돈 봉투를 집는다.

경찰   저리들 비켜! 동작 그만, 동작 그만! (돈 봉투들을 주워 모자에 담으며) 이거 내꺼 아냐. 상납할 돈이란 말야. 너희들 내일 두시까지 늦지 말고 와! (허둥지둥 퇴장)

순애 도둑놈의 새끼. 혼자서 잘 처먹고 잘 뒈져라, 이 씨뱅아! (씩씩거리며 퇴장)

망구 저 자식은 칼 대신 몽둥이 든 강도죠. 이 쪽 길에서만 한 달에 수천 씩 뜯어간다고 하더라구요. 하긴 그걸 혼자서 처먹지는 않겠지요? (절름발이가 등장한다) 아, 제 손님이에요. 아주 특별한 손님이죠. 거기가 불구가 돼서 하지는 못하지만 대신 옆방에서 하는 걸 구경시켜주죠. 그렇게도 만족이 된다고 하더라구요. 나야 좋죠, 뭐. 어서 와, 오빠! 왜 이렇게 뜸했어?

망구는 절름발이를 부축하고 안으로 들어가고 꼬미는 만화책을 보며 까르르 웃는다.

8. 옥에 갇힌 무꾼이

철창을 사이에 두고 무꾼과 선녀가 앉아있다. 무꾼이 울고 있다.

선녀   울지 말아요. 죄를 크게 묻지는 않을 거예요.

무꾼   그게 아니라, 그 자식이 불쌍하잖아?

선녀   안 됐어요, 그 사람.

무꾼   바보 같은 자식, 경찰이란 자식이 그거 몇 대 맞았다구 그렇게 쉽
        게 돼지나?

선녀   당신 힘이 보통 사람하고 다르잖아요?

무꾼   아무리 그래도 그렇지!

선녀   이제 그만 울어요. 다 큰 어른이 창피하게.

무꾼   알았어, 안 울게. (계속 운다)

선녀   마을에 처녀가 없어서 참 걱정이에요.

무꾼   빨리 다리가 놓여야지…

선녀   다리 공사가 중단됐어요.

무꾼   뭐야? 왜?

선녀   돈이 없나봐요.

무꾼   큰일이네.

선녀   시장님이 무슨 발표를 한다니까 기다려봐야죠.

무꾼   시장님만 믿는 수밖에…

선녀　다리가 놓인다고 도시 처녀들이 금세 몰려올까?

무꾼　글쎄…

선녀　정말 큰일이에요. 그 사이에라도 무슨 수를 써야 할 텐데…

무꾼　무슨 수?

선녀　글쎄요… (한숨과 함께 암전)

9. 발전과 행복의 함수관계 2

박첨지 (등장하며) 여보게, 여보게!

산받이 왜 그러나?

박첨지 시장님이 또 이리루 오시네. 사람들 좀 불러주게.

산받이 알겠네. 사공아!

사공 왜 불러?

산받이 시장님이 오신단다. 모두 모이자!

사공 알았어.

마을 사람들 무대 중앙으로 모인다.

박첨지 자, 빨리 빨리 줄 맞춰서 앉읍시다. 오늘 시장님이 또 기쁜 소식 엄청 많이 들고 오시니까 기대들 하시고… 그리고 거, 시장님 말씀 도중에 쓸데없는 질문들 좀 하지들 말고. 앗, 시장님 나오십니다. 박수! 모두 차렷! 시장님께 경롓!

일동 안녕하세요, 시장님?

시장 안녕들하세요? 여러분들, 다리공사가 중단돼서 걱정 많이 했지요?

일동 네.

시장 나도 참 걱정 많이 했어요. 그런데 문제가 풀렸어요. 이제 걱정

안하셔도 됩니다. 내가 서울엘 다녀왔어요. 다 해결하고 왔어요. (반신반의하며 수군거리는 소리) 여러분들 저 이달수 정말 고생 많이 했습니다. 박수 좀 쳐주세요. (박수 소리) 뭐냐? 내가 시울시 다리 놓을 돈을 받아왔어요. 이제 다시 시작하면 됩니다. (환호) 에… 공짜로 받아온 건 아니고 오년에 거쳐서 갚기로 하고 다리 놓을 돈, 화차 레일 깔 돈 다 받아왔어요. 오년 동안 어떻게 갚느냐? 우리 지방에 제일 많은 물건. 산에 빽빽이 들어찬 것. 뭐지요? 네. 나뭅니다. 나무. 나무를 베어서 서울로 보내기로 했습니다. 화차가 들어오기 전까지는 저 강물에 띄워 보내기로 했습니다. 그래서 저 산 중턱부터 강가까지 줄차를 맬 겁니다. 나무 지고 힘들게 산 오르락내리락 할 게 아니라 나무 베는 조는 계속 베고 줄차에 싣는 조는 계속 싣고 내리는 조는 계속 내리고 이렇게 능률적으로 할 겁니다. 얼마나 좋습니까, 여러분! (박수)

사냥이 나무를 베어버리면 동물들이 다 도망갈 텐데 그럼 우리 같은 사냥꾼은 뭘 해먹고 사나요?

시장 내가 왜 그런 생각 안 했겠습니까? 지금 일 할 게 얼마나 많습니까? 나무 베야죠, 나무 날라야죠, 다리 놓아야죠. 길 닦아야죠, 화차 레일도 깔아야지요. 당장 눈앞에 보이는 일거리만 해도 우리 마을 남자들 다 고용해도 모자랍니다. 앞으로는 전에처럼 자원봉사 같은 거 없습니다. 무슨 일을 하건 월급을 받게 됩니다. 걱정할 거 하나도 없습니다.

사냥이 그래도 난 사냥이 좋은데요.

시장 아, 시대가 바뀌면 일도 바뀌는 법입니다. 요새 세상에 사냥으로 먹고 사는 사람이 어딨습니까? 시대에 맞춰 살아야죠. 이제 새 일자리 많이 생겨납니다. 여러분들이 생각하지도 못했던 좋은 일자리들이 수두룩하게 생겨날 겁니다. 이러한 변화에 빨리 빨리 적응해야 됩니다. 안 그러고 자꾸 옛날 생각만 하면 도태되는 거예요, 도태! 그러니까 나만 믿고 열심히 하면 됩니다.

절름이 오년 동안 그렇게 나무를 베 내면 산에 나무가 하나도 안 남을 텐데요, 시장님.

시장 저분 누구죠?

박첨지 거, 시장님 앞에서는 먼저 자기 이름을 말씀드리고 질문 드리라고 그렇게 교육을 시켜도…

절름이 네, 저는 절름이라고 합니다.

시장 네, 절름씨. 참 좋은 질문입니다. 환경, 요새는 이거 아주 중요한 겁니다. 그래서 한 번에 다 베는 게 아니고 한쪽 베고 나면 거기 묘목을 심습니다. 그래서 이쪽 베고 나면 저쪽이 자라고 저쪽을 베면 이쪽이 자라고 그런 식으로 할 겁니다. 걱정할 거 없어요. 선진국들에서도 다 그렇게 해요. 그리고 몇 년 후면 여기는 관광단지로 개발될 거예요. 호텔도 짓고 골프장도 만들고 하면 여기 금싸라기 땅 됩니다. 돈 모아서 땅들 많이 사두세요. 여러분들 다 큰 부자 될 거예요.

선녀 무꾼이는 풀려나면 나무꾼 일 계속 해도 되나요?

시장 아, 무꾼씨는 나무 베는 거 선순데 벌목장 책임자 일을 맡아야요. 그러면 월급도 많고 먹고 사는 거 아무 걱정 없을 겁니다. 아, 그런데 무꾼씨가 아직 안 풀려났나요?

선녀　네, 아직…

시장　저런! (경찰에게) 무꾼씨 선처 좀 부탁합니다. 당장 벌목작업 들어
　　　가야 하는데.

경찰　네, 알아보겠습니다.

시장　자, 오늘은 이만 하고 내가 다음번에 더 기쁜 소식 가지고 올게
　　　요. 오늘의 구호는 여러분들 옛날 생각 다 버리고 새로 태어난다
　　　는 의미에서 내가 '새 술은' 하며는 여러분은 '새 부대에' 하는
　　　겁니다. 자, 새 술은!

일동　새 부대에!

시장　여러분들 앞으로 일 열심히 하라는 뜻에서 막걸리 한 수레 가져
　　　왔습니다. 마음껏 드시고 즐겁게 노세요.

　　　시장이 퇴장하는데 선녀가 따라 나간다. 그 뒤를 박첨지가 따라 나간다. 마을에는 술판
　　　이 벌어진다.

코러스　정말로 월급을 받게 될라나?

　　　　　그보다 더 좋은 일들도 생길거야.

　　　　　나는 밥만 많이 먹으면 좋다. 밥만 많이.

　　　　　월급이 얼마나 될라나?

　　　　　풀뿌리 파먹는 거보다야 낫겠지.

　　　　　나는 사냥이 좋은데…

　　　　　이 사람아, 다 같이 잘 살자는 거 아닌가?

　　　　　다 같이 어떻게 잘 살아?

우리 고장이 발전하면 다 잘 살게 되는 거지, 뭐.

발전은 개코나 발전?

왜 또 엇박자 넣고 그러는가?

금강마을은 나무 베고 나면 폐허야, 폐허!

아, 한 쪽에다 심으면서 벤대잖아?

수백 년 수천 년 된 나무들이야.

관광단지를 만든다잖나?

우린 골프장 잔디나 깎고 호텔에서 짐가방이나 나르게 될 걸.

세상을 저렇게 부정적으로만 봐요.

나중엔 우리 할 일도 없고 갈 데도 없게 될 거야.

말도 안 되는 소리

이 마을서 쫓겨나게 된단 말이야, 이 바보야!

원래 개발이란 게 다 그런 거지.

열매는 엄한 놈들이 다 따먹고 원주민은 놈들의 노예가 되는 거.

이 사람들아, 지금 우리 마을에 다리 놓고 길 닦고 잘 한번 살아
보자는데 시작부터 이러면 당신들 빨갱이하고 다른 게 뭐야?

빨갱이는 누가 빨갱이?

네놈들이 바로 빨갱이지!

패싸움이 벌어진다.

10. 선녀의 쌍둥이 언니의 육보시

박첨지 (달려나오며) 여보게, 여보게!

산받이 왜 또 그러나?

박첨지 자네 소식 들었나?

산받이 무슨 소식?

박첨지 강 하나 건너 산 두 개 넘어 저기 도시 사는 선녀의 쌍둥이 언니가 온다네.

산받이 나두 얘기는 들었네마는…

박첨지 총각놈들이 죄다 침을 흘리며 기다리고 있다네.

산받이 침은 왜 흘리나?

박첨지 아, 이 쌍둥이 언니가 도시 여자답게 사분사분하고 마닐마닐하기가 이를 데 없는데 거기다가 헤프기까지 하다는구먼.

산받이 그래서?

박첨지 그래서는 무슨 그래서야? 자네 아주 부처님 가운데 토막이구만. 총각놈들이 죄다 넋이 나갔지.

산받이 그보다도 선녀가 고생이 말이 아니데.

박첨지 시장님이 벌목장 함바식당을 선녀한테 맡겼잖나? 선녀는 대박 났지, 대박났어.

산받이 식당이 문제가 아니라 무꾼이를 빼내는데 돈이 엄청 들어갈 모양이야.

박첨지　　아, 순사나리를 사다듬이로 보냈으니 그렇지. 온다, 저기 온다.

선녀의 쌍둥이 언니가 마을을 지나간다. 붉은 드레스에 빨간 하이힐을 신었다. 사내들
이 줄을 이어 그 뒤를 따른다.

쌍둥이 언니 (노래)

　　먼 숲에서도
　　밤꽃 냄새가
　　짙게 풍겨오는
　　금강의 밤.

　　이런 밤에 나누는 사랑은
　　연한 피가 살짝 묻어나는
　　부드러운 살코기
　　군침이 살살 도는
　　그런 사랑.

한 사내가 선녀의 쌍둥이 언니의 손을 잡는다. 쌍둥이 언니는 사내의 손을 슬쩍 뿌리치
며 다시 노래한다.

　　그런 사랑은
　　오래 남는 추억
　　그 추억을 기릴 뭔가가 필요해.

자신에게 가장 소중한 것
없으면 두고두고 생각나는 것
그런 것들을 가져오세요.
없으면 돈이라도 들고 오세요.

사내들이 앞 다투어 귀중품이나 돈을 들고 온다. 쌍둥이 언니가 그들과 차례로 섹스를
한다.

11. 새들의 선택

홍등가 윈도우 앞 평상에서 망구가 발톱을 깎고 있고 꼬미는 만화책을 보고 있다. 옆방에서는 소녀의 칭얼거리는 소리가 들린다.

망구   어제 경찰서장이 우리들을 불러 모았어요. 놀랄만한 선물을 주더군요. 우리더러 다 집으로 가도 좋다는 거예요. 주인한테 진 빚은 불법이기 때문에 다 없던 걸로 해주겠다고 하면서 가라는 거예요. 여자라서 우리 여자들 처지를 이해하나봅니다. 모두들 어리둥절해서 돌아왔는데 주인아줌마도 그리고 둥기 오빠도 그리고 갈 테면 가라더군요. 정말 이상한 일이죠. 오늘 몇 명은 정말로 짐을 챙겨 여길 떠났어요. 하지만 대부분은 그냥 남기로 한 모양이에요. 나도 갈 수가 없었어요. 빚도 빚이지만 당장 여길 나가서 어디로 갑니까? 이 몸을 해서 고향집에 간다한들 누가 반기겠어요? 벌써 소문 다 돌았는데. 그리고 여길 나가면 뭘 해서 먹고 삽니까? 새장을 뛰쳐나간 새들이 열에 아홉은 굶어서 죽는다잖아요?

순애   (짐 가방을 들고 서둘러 나오며) 언니, 나 간다.

꼬미   와 좋겠다. 갈 데가 있어서.

망구   정말 가는 거야?

순애   응, 그 사람이 꼭 자기한테 오라고 그랬어. 장사 같이하자고.

망구　　순애야, 너 그 사람 말을 믿니?

순애　　조금 전에 통화도 했어.

망구　　전에처럼 그러는 건 아니겠지?

순애　　이 사람은 그런 사람 아냐.

망구　　잘 됐으면 좋겠다.

순애　　여기 아직 오백 남아있는데 열심히 벌어서 갚을 거야.

꼬미　　서장이 안 갚아도 된다고 그랬잖아?

순애　　그래도 갚을 거야. 잘 있어, 언니. 꼬미 너두.

망구　　잘 살아.

꼬미　　언니 잘 가.

망구　　(관객에게) 쟤는 너무 순진해서 늘 당하죠. 손님이 빈말로 좋다고 하는 걸 곧이 곧대로 믿죠. 어려서부터 누구한테 사랑받아본 일이 없어서 그럴 거예요. 한번은 어떤 사기꾼 놈 따라 도망 나갔다가 돈 다 뺏기고 그놈이 여기 둥기 오빠한테 찔러가지고 다시 잡혀왔죠. 도망친 벌이라고 칼로 등에 포를 뜨는데 정말 끔찍하더군요. (둥기 등장) 바로 저 인간이죠.

꼬미　　오빠!

둥기　　늬들은 안 가냐?

꼬미　　가긴 어딜 가?

둥기　　오, 해맑은 년들. 생각 잘 했다. (청아의 칭얼거리는 소리가 들리자 옆방을 들여다보며) 쟤 오늘 치워야 쓰겠다.

망구　　어디로 치워?

둥기　　잠수 태워야지 않겠냐?

망구   미쳤어?

둥기   재 애비가 현찰 삼천만 원을 들고 재를 찾아다닌대여. 여기도 나타날지 몰라. (주머니에서 칼을 꺼내 포 뜨는 시늉을 하며) 말 샜다가는 이거여.

망구   지랄, 사람을 뭘로 보고 그래?

둥기   (꼬미에게) 너 들었어?

꼬미   난 아무 것도 모른대요.

둥기   아, 꼬인다, 꼬여! (퇴장)

망구   (관객에게) 이 아래 땅 속으로는 저 큰길가까지 전체가 미로로 되어 있대요. 가게들끼리도 미로로 다 통하고요. 중간 중간에 방들이 있는데 단속나오면 피신하는 곳이죠. 옛날에 어느 유명한 목수가 설계를 했다고 하는데 방 몇 개만 지나면 다시 찾아 나오기가 여간 어렵지 않다고 들었어요. 그래서 경찰들도 거기까진 안 들어가죠. 청아를 거기에 갖다 둘 모양이에요. 아픈 아이를 치료해 줄 생각은 안 하고 골방에 가둬두고 어떡하겠다는 건지… (안에서 악 쓰는 소리) 주인아줌마가 이해가 안 돼요. 어떤 때 보면 참 착한 사람 같은데 어떤 때는 모질기가 장난이 아니거든요. (다시 악 쓰는 소리) 요새 하수구가 왜 저렇게 자주 막히지? (퇴장)

꼬미   (만화책을 보며) "그물에 걸렸어. 뒤로 돌아갈 시간적 여유가 없다. 아, 그물이 천천히 죄어오는구나!" 망구 언니, 쟝 발장이 하수구로 도망간 거 알아?

12. 준법서약서

박첨지 아, 아! 이보게!

산받이 아, 왜 그러나?

박첨지 인생이 한 번 늙어져도 다시 청춘이 돌아오네. 아, 아!

산받이 늙은이가 시룽시룽하지 말고 체통을 좀 차리게!

박첨지 체통이고 나발이고 다 필요 없네. 좋은 건 좋은 거야. 내 우리 집 가
보로 내려오던 회중시계를 맡겼는데 그까짓 것, 하나도 안 아깝네.

산받이 그게 그렇게 좋던가?

박첨지 암, 좋고말고.

산받이 그나저나 무꾼이가 풀려난다던데 소식 들었는가?

박첨지 들었지.

산받이 소문에 선녀가 힘을 많이 썼다던데 무슨 힘을 썼는가?

박첨지 무슨 힘이 아니라 돈이 수 만 냥 들어갔다데.

산받이 선녀가 그런 돈이 어디서 났다던가?

박첨지 함바식당 있지 않은가?

산받이 식당한 지 얼마나 됐다구 그런 돈을 모아?

박첨지 그런가? 어찌됐건 선녀 덕에 무꾼이는 이제 무슨 서약인가 뭔가
를 하고나면 곧 풀려난다네.

산받이 서약인가 뭔가 저기 벌써 하고 있네.

무꾼 (준법서약서를 읽는다) 나는 앞으로 부당하게 폭력을 사용하지 않음은

물론 어떠한 종류의 폭력도 행사하지 않겠습니다. 법을 준수하는 시민으로서 바르게 행동하며 당국의 시책에 적극적으로 협조하겠습니다. 또한 금강마을 주민의 일원으로서 고장의 발전을 위해 몸과 마음을 다 바쳐 일하겠습니다. 시장님과 경찰서장님 앞에서 엄숙히 서약합니다.

무대 뒤쪽에서는 서약을 마친 무꾼이는 사공이가 차고 있던 노란 완장을 받아 차고 작업을 지휘한다.

산받이   사공이가 서운하게 생겼네.

박첨지   서운하기는? 나무 베는 데야 무꾼이 따라올 사람이 누가 있어?

산받이   그래도 사람 마음이 그렇지가 않다네.

박첨지   그런가?

산받이   아, 그렇지!

박첨지   나는 또 뭐 좋은 소식 없나, 한 바퀴 휘 돌고 와야겠네.

산받이   자네 참 일 없이 바쁘네.

박첨지   바빠야 먹고 살지.

작업을 하던 안경이가 절름이를 무대 가운데로 끌고 나온다.

안경이   그러니까 겉가량으로 세지 말란 말이야, 이 사람아!

절름이   아, 여기저기서 막 싣는데 그러다 놓치는 거는 할 수 없지 어떡하나?

안경이   (무꾼이에게) 다 세고 나서 줄차를 내려 보내야겠어.

무꾼	그러면 작업이 늦어져서 안 돼.
안경이	아니면 세는 사람을 한 명 더 쓰든지.
무꾼	그거 세는 사이에 나무 하나라도 더 베야지.
안경이	우리 작업량을 확인하는 게 중요하다구.
사공	무조건 많이 베서 빨리 꾼 돈 갚으면 되는 거 아니냐?
안경이	나무가 얼마나 팔려나가는지 우리도 알아야 한다구.
무꾼	그건 알아서 뭘 해?
안경이	이거 우리 마을 재산을 우리가 일해서 파는 거라구. 그러니까 우리가 알아야지.
무꾼	그런 건 시장님이 알아서 하겠지.
안경이	우리가 알아야 돼.
무꾼	왜 알아야 되는데?
안경이	우리 재산이니까.
무꾼	자식 말 참 안 통한다.
절름이	좋은 수가 있다. 줄차에 싣는 나무를 셀 게 아니라 베 낸 나무 그루터기를 세면 돼잖아?
사공	그래! 왜 진작 그 생각을 못 했지?
안경이	그건 다른 조하고 헷갈려서 안 돼.
사공	아무려면 어때? 전체 몇 그루가 나갔는지만 알면 되지.
안경이	매일 매일 조별 작업량이 나와야 돼.
무꾼	왜 그런데?
안경이	뭐든 우리가 다 알고 있는 게 중요하니까.
무꾼	중요하긴 개뿔이 중요하냐? 야, 이제부터 나무 개수 세지 마!

안경이 뭐라구? 말도 안 돼!

무꾼 세지 말라면 세지 마.

안경이 왜 세지 말라는 거야?

무꾼 내가 반장이야.

안경이 너 월급이라고 푼돈 몇 푼 받으면서 죽어라 일만 하다 마을 다 거덜나고 시장은 돈 챙겨서 더 높은 자리로 가고나면 우리만 바보 되는 거야, 알아?

무꾼 뭐야? 너 지금 시장님을 의심하는 거야? 저 자식 아주 나쁜 놈이네.

안경이 (기침) 야, 정말 답답하다. 너 시장이 우릴 위해서 저러는 줄 알아?

무꾼 너 임마, 시장님한테 시장, 시장 하지 마, 이 자식아!

안경이 두툼발이 주제에 완장만 차면 단 줄 알아? (기침)

경찰이 이들의 이야기를 엿들으며 지나간다.

무꾼 (안경의 멱살을 잡으며) 이 자식이!

사공이 (무꾼을 뜯어 말리며) 야, 너 또 사고 치면 이번엔 큰일 난다. 참아라, 참아.

선녀 (뛰어나와 싸움을 말리며) 왜들 이러세요? 우리 언니 떠난 지 며칠 됐다고 또 이러세요?

무꾼 이건 그런 문제가 아냐. 그리고 선녀, 내 앞에서 언니 얘기 꺼내지 마! 기분 안 좋아.

선녀와 무꾼이만 남고 모두 퇴장.

13. 그것이 사랑이 아니라면?

선녀 언니가 뭘 어쨌다고…

무꾼 사람들이 자꾸 언니가 어쩌구저쩌구 하잖아?

선녀 외로운 사람들에게 사랑을 나누어준 게 뭐 어때서?

무꾼 그게 무슨 사랑이야?

선녀 그게 사랑이 아니라면 사랑은 뭔가?

무꾼 사랑은… 마음이 통해야지!

선녀 마음이 통하는지 아닌지 어떻게 알 수 있지?

무꾼 그걸 몰라? 그건 그냥 알 수 있는 거지.

선녀 (노래)

　　　　사랑은 소유하지 않고

　　　　시기하지도 않고

　　　　머뭇거리지 말고

　　　　아끼지도 말고 나누어주는 것.

　　　　내가 끌리는 사람이면 언제나

　　　　나를 필요로 하는 사람에게도 언제나

　　　　사랑은 베풀고 또 베푸는 것.

무꾼 그건 몸 파는 여자들이나 하는 짓.

선녀 당신이 몸 파는 여자에 대해 뭘 아나요?

무꾼 내가 무슨 그런? 몰라, 난 몰라.

선녀 당신은 모르잖아요?

외로운 사람들에게

사랑을 나누어 주는 게

정말로 나쁜 건가요?

무꾼 이놈저놈에게 돈 받고 몸 파는 게 좋은 거냐?

선녀 온 세상을 다 뒤져도 팔 거라곤 몸뚱아리 하나 밖에 없는 여자가 그거라도 팔아서 먹고 살아야 한다면, 식구들 먹여 살려야 한다면, 동생들 공부시켜야 한다면, 남편 옥바라지를 해야 한다면, 그게 정말로 나쁜 건가요?

무꾼 아, 진짜 말 안 통한다. 하늘나라에서는 그렇게들 사냐?

선녀 (노래)

하늘나라엔

사랑이 없어요, 미움이 없으니까요.

욕망도 없어요, 그래서 싸움도 없어요.

하늘나라는 그냥

조용하고 한가하고 심심하고

아무 일도 일어나지 않는 싱거운 곳.

그래서 난 여기가 좋아요.

욕망이 있고 사랑이 있고 싸움도 있는

사람 냄새 물씬 나는

이 세상을 사랑해요.

무꾼 그래, 실컷 사랑해라. 네에밀. 저 여자가 어쩌다가 저렇게 됐나? 아, 그 언닌가 뭐가 하는 그 여자 다시는 못 만나게 해야겠다. (퇴장)

14. 동시진행형 음모

시장   어떻게 그럴 수가 있는가?

경찰   아주 위험한 친굽니다. 도시에서 나쁜 물을 먹었어요. 그러니까… 사상적으로, 저쪽이라고 보아야겠지요.

시장   잘 먹고 잘 살게 해준다는데 이쪽저쪽이 어딨나? 아, 참 답답하구만.

경찰   그러게 말입니다. 뒷조사 해볼까요? 잡아넣게.

시장   그래, 하지만 신중해야 돼. 그런 친구들 잘못 손댔다가는 되레 이쪽이 다칠 수가 있어.

경찰   네, 알겠습니다.

시장   싸움을 좀 붙여보는 것도 좋을 거야.

경찰   싸움을 어떻게?

시장   이쪽에서 누가 일부러 싸움을 거는 거라. 그러다 보면 약점이 드러나게 되지.

경찰   좋은 생각이십니다.

시장   누구 내세울 만한 친구 있나?

경찰   있습니다. 준법서약서!

시장   아, 그래, 좋아.

경찰   그런데 그러다가 작업에 차질이 생기면 어쩌죠?

시장   괜찮아. 돈 다 받아왔잖나?

경찰　네, 알겠습니다.

시장　한 번 잘 해봐.

경찰　네, 알겠습니다.

무대 다른 편에서는 안경이와 사공이, 절름이가 모의를 하고 있다.

안경이　무꾼이가 이상해.

절름이　달라졌어.

사공　뭐가?

안경이　경찰에 들락거리더니 뭔가 수상해.

사공　그런가?

안경이　전번에 나 패려고 그럴 때 왜 말렸어? 가만 두지.

사공　걔 또 사고 치면 끝이잖아?

안경이　그러니까 가만 뒀어야지!

사공　무슨 얘기야?

절름이　그때 안경이가 맞았으면 무꾼이는 지금 옥에 들어가 있을 거 아냐?

사공　그렇겠지.

절름이　그럼 사공이 니가 디시 반장할 거 아냐?

안경이　니가 반장 하는 게 훨씬 나. 합리적이고 사람들도 더 좋아하고,

사공　그런가?

안경이　지금 우린 시장 손에서 놀아나고 있다구. 무꾼이가 뭐든지 시장 명령이라면서 밀어붙이니까 그냥 따라만 가고 있잖아. 이걸 바

뭐야 돼.

사공 그걸 어떻게 바꾸나?

안경이 일단 태업에 들어가자구.

사공 그게 뭐야?

안경이 일부러 게으름 피우면서 일 안하는 거지. 그 친구 성질을 자꾸 건드리는 거야.

사공 그러다가 무꾼이한테 맞아 죽을라구?

안경이 그걸 노리는 거지.

무대 다른 편에 경찰과 무꾼이.

경찰 절대 주먹질 하면 안 돼.

무꾼 알았어요.

경찰 저놈들이 이미 패거리를 짰으니까 누군지 파악하라구. 그리고 그놈들에게 불이익을 주라구.

무꾼 그게 뭐예요?

경찰 그러니까, 골라서 힘든 일만 시킨다던지, 무리한 요구를 한다든 지… 그런 거 있잖아?

무꾼 따지고들 텐데.

경찰 괜찮아. 니가 반장이잖아? 밀어붙이라고. 내가 있잖아?

무꾼 알았어요.

경찰 그리고 시킨 일 다 못하면 작업량 미달로 처리해서 월급에서 까 라구.

무꾼　난 그런 건 못해요.

경찰　왜 못해?

무꾼　계산도 잘 못해요.

경찰　그건 누구 시키면 되잖아? 하여튼 그렇게 해가지고 저놈들이 들고 일어나게 만들어. 넌 거기까지만 하면 돼. 알았지?

무꾼　몰라요.

경찰　뭘 몰라?

무꾼　알겠어요.

경찰　그래, 내가 뒤에서 지켜볼 테니까 잘해봐. 급할 땐 내가 나서줄게.

무꾼　알았어요.

경찰　그리고 이 얘긴 절대 비밀이야. 누구한테두.

무꾼　알았어요.

　　또 다른 편에 사공과 사공처.

사공처　속상해 죽겠다.

사공　뭐가?

사공처　사공이 집안은 자존심도 없나?

사공　무슨 자존심?

사공처　나 참 미치겠다.

사공　왜?

사공처　왜는 뭐가 왜야? 나는 선녀 보조. 당신은 반장 자리 무꾼이한테

내주고. 이게 뭐냐구, 응?

사공　음…

사공처　음은 무슨 음이야?

사공　조금 기다려봐.

사공처　기다리면 무슨 수가 생기나?

사공　혹시 또 모르지.

사공처　정말? 뭔데?

사공　글쎄, 기다려보라니까!

15. 청아 아빠

어스름이 깔리기 시작하는 저녁의 홍등가. 망구는 윈도우에 기대 서 있고 꼬미는 만화 책을 보고 있다. 둥기 등장.

둥기 오, 히쭈구리한 언니들! 니들 얘기 들었냐?

꼬미 무슨 얘기?

둥기 니들 섹스하는 거를 금지하는 무슨 법이 통과됐대야.

망구 무슨 그런 법이 다 있어?

꼬미 성매매 방지법.

둥기 전국에 가게들을 죄다 허무는 모양인데 제일루 먼저 여기를 철 거한대야.

망구 여길 왜 허물어?

둥기 그래야 니들이 섹스를 못할 것 아니냐? 하, 이 민주화가 돼노니 까 당국에 높으신 분들이 시간이 남아가지고 별 참견질을 다 하 시고들 지랄이다.

망구 왜 하필이면 여기가 먼저냐구?

꼬미 도심 정화 특별법.

둥기 저 잡년은 참 광범위하게 아는 것도 많으셔.

꼬미 만화책에서 봤어.

망구 우리가 더럽다 그거지?

꼬미   도시 재개발을 하는데 이 지역을 확 밀어버리면 돈이 왕창 남는
데.

둥기   그 돈 누가 먹나?

꼬미   업자들이 먹겠지? 몰라, 정부에서도 챙겨간다던데…

망구   개자식들!

둥기   이 몸도 일찌감치 건설업으로 진출했어야 하는 건데 어쩌다가
이 엔터테인먼트 비지네스로 빠져가지고… 와, 이 오빠 완전히
돌아버리시겠다. (퇴장하다 말고) 현찰 3천만 원 들고 다니는 그 정신
나간 영감 여기 왔었지야?

망구   아까 낮에.

둥기   청아 얘기 안 했지야?

망구   안 했어.

둥기   (꼬미에게) 꼬미 너도 안 했지야?

꼬미   난 보지도 못했어.

둥기   (퇴장하며) 와, 나으 인생이 꼬여도 어떻게 이렇게 꼬일 수가 있는
가?

망구   (관객에게) 갑자기 무슨 날벼락 같은 얘긴지 모르겠네요. 우리더러
어디 가서 뭐해먹고 살라고…

꼬미   걱정할 거 없어. 딴 데 가면 돼.

망구   전국에 가게들을 다 허문다는데 딴 데 갈 데가 어딨냐, 이년아!

꼬미   하수구 구멍 막는다고 구정물이 안 생기냐?

망구   늬년은 참 태평해서 좋다. (관객에게) 그래요. 인간이 없어지지 않
는 한 언제나 오물은 생기기 마련이죠. 하수구 구멍을 막으면 오

물이 다른 곳으로 흐를 테고. (사이) 낮에 청아 아빠가 왔었는데 마음에 걸려 죽겠어요. 거의 실성한 사람처럼 청아를 찾는데 본명이 김정아더라구요. 정아, 청아… 청아 얘기가 혀끝까지 나올 뻔했는데 등판에 포 뜨는 게 무서워서… 아, 나는 왜 이 모양이죠?

경찰 (모자를 꾹 눌러 쓰고 등장) 이따 11시부터 일제단속이다. (아무 반응이 없자) 이것들이 오늘따라 차분하네. (사이) 벌써 얘기들 들었구나? 몇 달 안 남았으니까 열심히들 벌어. 이 거리도 이제 바이 바이다.

꼬미가 갑자기 튀어나와 경찰의 모자를 벗기려한다.

경찰 (모자를 양손으로 잡고 달아나며) 왜 나한테 이래, 이년아! (퇴장)
꼬미 야, 이 씨뱅아! 좆같은 새끼!

망구는 그저 멍하니 앉아 있다. 암전.

16. 발전과 행복의 함수관계 3

무대에는 무꾼을 중심으로 사냥이, 밥통이 등이 한패가 되고, 안경이를 중심으로 사공이, 절름이 등이 한 패가 되어 좌우 대치 상태로 서서 각각 '왼쪽', 오른쪽 '을 외치고 있다.

박첨지 여보게!

산받이 왜 그러나?

박첨지 저것들이 저렇게 허구헌날 쌈질들만 하다가는 배가 산으로 가겠네.

산받이 무꾼이가 악지공사로 밀어붙여서 그런 것 아닌가? 어제 오늘 부상자가 여럿 생기지 않았나?

박첨지 칠칠치 못한 것들! 싸운다고 해결이 나나? 아무래도 자네가 좀 나서줘야겠네.

산받이 그러지. (배우들을 향해) 자, 토론 시간이다. 모다 이리로 모이자. 무꾼이!

무꾼 왜요?

산받이 토론 시간이라니까.

무꾼 지금 토론이 문제요?

박첨지 이 사람들아! 그럴수록 토론으로 풀어야지. 어서 모여!

무꾼 알았어여.

배우들, 산받이 주변으로 모인다.

산받이 자, 우측 산은 나무가 좋은데 위험하고 좌측 산은 안전한 대신 나무가 실하지가 않다. 그러니까 오늘의 질문은 "급할수록 돌아갈 것이냐, 아니면 쇠뿔도 단김에 뺄 것이냐?" 자, 우측부터!

코러스 금강마을 잘 살자는 건데 어느 정도 희생은 감수해야 하는 것 아닌가?

팔 부러지고 골통이 깨졌는데 병원에도 못가잖나?

그러니까 빨리 돈을 모아야지.

북망산천이 코앞인데 돈은 무슨 돈?

저… 저… 저러니까 평생 거지 신세 못 면하는 거라.

그러는 너는 집에 금송아지 키우냐?

마을이 발전한다고 모두가 행복해질까?

당근이지. 그걸 말이라고 허나?

발전과 행복은 함수관계.

저게 뭔 말인가?

젊어 고생은 돈 주고도 한다는데 그걸 못 참고 오두방정들인가?

빚은 시장이 졌는데 왜 우리가 죽어나나?

시장님이 우리 마을 위해서 빚내온 것 아닌가?

그건 우리는 모르는 일.

인간이 어떻게 저렇게 염치를 모르는가?

하여튼 몰라. 우리는 앞으로 우측 산에는

절대 안 올라가.

못 올라가!

　　그러면 다리는 언제 놓고 장가는 언제 드나?

　　병신 돼서 지리보전하고 있으면 어느 년이 좋다고 올까?

무꾼　모두들 조용히, 조용! 앞으로 좌측 산은 출입금지! 모두 우측 산
　　에서 작업이다.

사공　니가 뭔데? 저게 니 산이냐?

무꾼　내가 반장이야.

사공　어이구, 그러셔? 너 반장이면 반장답게 처신해!

무꾼　여기서 나보다 일 잘하는 놈 누가 있어?

사공　너 우리한테 부당한 작업 요구하고 작업량 미달로 월급에서 까
　　고… 너 그러면 안 돼, 임마!

무꾼　너희들 개신개신하면서 꾀부리고 딴 짓 하는 거, 용서 못해!

사공　너 경찰 쁘락치인 거 우리가 모르는 줄 알아?

무꾼　너희들끼리 짜고서 부러 이러는 거 내가 다 알아, 임마!

산받이　근거 없는 인신공격 금지! 자, 다시 토론 시작. 급할수록 돌아갈
　　것이냐, 쇠뿔도 단김에 뺄 것이냐? 이번에는 좌측부터!

안경이　그것보다도 무꾼이 너, 하나만 물어보자. 너 저 나무 한동아리 서
　　울 가면 얼마 받는지 알지?

무꾼　난 모른다, 그런 거.

안경이　그럼 내가 알려주지. 저거 한동아리에 열 냥 받는다고 하더라. 그
　　런데 나무 한동아리 당 우리한테 돌아오는 게 얼마냐? 그건 알지.

무꾼　그거야 한 냥이지.

안경이　그래, 그럼 나머지 아홉 냥은 어디로 갔냐?

무꾼 다리 놓는데 쓰잖아?

안경이 다리 놓는데 돈이 얼마나 들어갔는데?

무꾼 그걸 내가 어떻게 아냐?

안경이 다리 놓는 데는 지금까지 우리가 판 나무 값의 십분지일도 안 들어갔어. 그러면 그 나머지 돈은 어딨냐?

무꾼 그걸 내가 어떻게 알아, 임마!

안경이 시장이 다 처먹은 거야, 알어?

무꾼 너 이 나쁜 자식, 시장님한테…

안경이 너는 시장한테 콩고물 좀 얻어먹었겠지. 안 그래?

무꾼이 안경이에게 달려드는데 미리 저만치 나가떨어지는 안경이. 기침을 시작한다. 무꾼이 안경이 위로 덮치려는데 경찰이 호루라기를 불며 등장한다.

절름이 무꾼이가 사람 죽인다!

경찰 무꾼이를 폭행죄로 체포한다.

무꾼 나 안 때렸어요. 저놈이 쇼하는 거예요.

경찰 그건 조사해보면 다 나온다. 그리고 사공이, 안경이 따라와.

사공이 우리가 왜요?

경찰 따라오라면 따라 와. 안경이, 걸을 수 있지?

안경이 (계속 기침하며) 못 걸어요.

경찰 사공이가 업고 와.

일행 퇴장. 암전.

17. 선녀가 쌍둥이 언니를 죽였다고?

무대 뒤에서 벌목하는 사람들의 몹씬. 무꾼이의 모습도 보인다.

톱 들어간다 스윽스윽
천년 고목에 톱 들어간다
밀어라 당겨라 슬근슬근
금강마을에 볕 들어온다.

반신불수 된 무당이 꺼억꺼억, 알 수 없는 소리를 내며 무대를 가로질러 지나간다.

박첨지 (뒤늦게 따라 나오며) 용머리집네, 용머리집네! (산받이에게) 여보게, 우리 용머리집네가 반 년 만에 첫 외출인데 저렇게 꺼억꺼억 울기만 하니 이 일을 어째야 하는가? 내 시장 이놈을 그때 물고를 내놓 는 건데…

산받이 지금도 늦지 않았네.

박첨지 그런가?

산받이 아, 그렇지.

박첨지 그래도 점잖은 양반 체면에 한번 용서해준 놈에게 다시 죄를 물 을 수야 있겠는가?

산받이 그도 그러이. 그나저나 경찰에서 무꾼이는 바로 풀어줘놓구서 안경이하고 사공이는 계속 붙잡고 있네.

박첨지 무슨 교사죄에 불법 태업에 뭐더라 또? 하여튼 죄목이 서너 가지나 된다데.

산받이 시장 그 친구가 화근이여.

박첨지 그렇지?

산받이 아, 그럴구말구.

박첨지 그래도 이제 안 싸우고 일들은 열심히들 하네. 저기 봐. 이제 좌측 산엔 아무도 없고 모두 우측 산에만 붙어있네 그랴.

산받이 그게 다 무꾼이 악지공사 덕이지.

사공처가 선녀의 쌍둥이 언니의 붉은 드레스를 들고 무대로 뛰어나온다. 사람들이 사공처 주변으로 모여든다.

사공처 살인이다, 살인! 선녀가 언니를 죽였어요!

코러스1 그 여자 옷이다!

사공처 신발도 여기 있어요.

코러스2 이걸 어디서 찾았나요?

사공처 선녀의 주방 서랍 안에서…

코러스3 선녀가 왜 언니를?

코러스4 사람 마음은 모르는 거니까.

사공처 물건들도 있어요. 보세요.

박첨지 아, 내 회중시계. 이건 내가 다시 회수해야겠네.

경찰 (등장하며) 증거물에 손대지 마세요. 모두 저리 비키세요.

선녀 (달려 나오며) 무슨 일이예요? 왜 남의 물건을…

경찰 선녀, 어떻게 된 거죠?

선녀 이건 언니 거예요.

경찰 그럼 언니는 무얼 입고 갔나요?

선녀 제 옷을…

경찰 그럼 신발은?

선녀 제 신발을 신고 갔어요.

경찰 그럼 이 물건들은 어떻게 된 건가요?

선녀 모두 저를 주고 갔어요.

경찰 돈도 있었을 텐데.

선녀 돈은 가져갔어요.

사공처 아니에요, 다 거짓말이에요.

경찰 당신은 좀 가만있어! 누가 선녀의 언니가 마을 밖으로 나가는 걸 본 사람 있나요? (반응이 없자) 선녀씨, 아무래도 같이 가주셔야겠습니다. (증거물들을 들고 선녀와 함께 퇴장)

윗 장면은 브레히트 作 '사천의 선인' 의 '센테의 담배 가게' 장면에서 착안하였다.

18. 선행에 대한 두 번째 보답

철창을 사이에 두고 선녀와 무꾼이 앉아있다.

선녀   미안해요, 여보.

무꾼   당신이 그런 건 아니지?

선녀   아니에요.

무꾼   그럼 누구야, 언니를 그렇게 한 게?

선녀   언니는 안 죽었어요.

무꾼   그게 정말이야? 그럼 어딨어, 언니가?

선녀   언니는… 여보, 더 이상 알려고 하지 마세요.

무꾼   그게 무슨 소리야? 내가 알아야지 당신을 돕지.

선녀   당신은 나를 도울 수 없어요.

무꾼   그러지 마. 여기 사정은 내가 더 잘 알아. 나한테 다 얘기 해. (사이) 그때 내 옥바라지 하느라고 돈이 필요해서 언니를 그렇게 한 거야?

선녀   아니에요. 난 마을 남자들 돕는다고… 아니, 아니에요.

무꾼   마을 남자들 돕는다고 언니를 그렇게 했단 말이야?

선녀   언니는 안 죽었다니까요!

무꾼   그럼 어딨냐구, 언니가?

선녀   언니는… 언니는 없어요.

무꾼　그럼 당신이 그렇게 한 거란 말이지?

선녀　그게 아니라…

무꾼　그게 아니라 뭐?

선녀　여보, 제발 부탁이에요. 더 이상 알려고 하지 마세요.

무꾼　아, 정말 답답하다. 내가 알아야 도울 수 있다니까 그러네.

시장과 경찰이 들어온다.

경찰　시장님 오셨습니다.

무꾼　시장님, 선녀는 언니를 그렇게 한 일이 없대요. 선녀를 풀어주세
　　　　요.

시장　무꾼이, 진정하게. 내가 최대한 힘 써볼 테니까.

무꾼　고맙습니다, 고맙습니다, 시장님.

시장　그래, 이제 가보게. 작업장을 너무 오래 비우면 안 되네.

무꾼　그럼요. 시장님만 믿고 가서 일 열심히 하겠습니다.

선녀　여보, 사람들 너무 힘들게 일시키지 말아요.

무꾼　그게 무슨 소리야, 지금?

선녀　그래봤자 당신만 점점 외톨이가 되는 거 알아요?

무꾼　지금 그런 게 문제야?

시장　어서 가보게.

무꾼　네, 시장님. (퇴장)

시장이 눈짓하자 경찰이 선녀를 옥에서 꺼내준다. 경찰은 퇴장하고 선녀와 시장이 마

주 앉는다.

시장 어떡하다 일이 이렇게 됐나?

선녀 저두 모르겠어요.

시장 내가 그대를 끔찍하게 아끼는 거 알지?

선녀 잘 모르겠어요.

시장 그걸 모르면 안 되지. (사이) 나오려면 여기 저기 돈이 들어갈 텐데…

선녀 돈은 먼저 번에 있는 거 다 드렸어요.

시장 아니, 자기더러 돈을 내라는 게 아니고… 돈이구 뭐구 내가 다 알아서 할 테니 그런 건 걱정하지 말고, 사실은 내가… 내가 자기를 너무 좋아해서… 그게 문제야.

선녀 뭐라구요?

시장 내 맘을 모르겠어?

선녀 모르겠어요.

시장 그걸 왜 모를까? 나는 그대 생각에 매일 밤, 잠을 설치는데. (사이) 선녀, 내 소원 하나만 들어줄 수 있겠어?

선녀 무슨 소원이요?

시장 안 된다는 얘긴 하지 마.

선녀 뭔데요?

시장 딱 하룻밤이라도 좋으니 그대를 안아보고 싶어. 딱 한 번만이라도.

선녀 안 돼요, 그건.

시장 왜? 내가 너무 늙어서 그런가?

선녀 아니요.

시장 그럼 왜?

선녀 난 남편이 있는 여자예요.

시장 그래서 지난번엔 온 마을 사내들을 다 받아줬나?

선녀 그건 우리 언니였지 내가 아니에요.

시장 그럼 다시 한 번 언니가 돼줘. 이번엔 나만을 위해서.

선녀 안 돼요.

시장 왜?

선녀 그냥 안 돼요.

시장 왜? 마을에 저 쓰레기 같은 놈들하곤 되는데 나하고는 안 된다. 왜 그렇지?

선녀 자꾸 묻지 마세요.

시장 얘기해줘. 내가 알아야 하니까.

선녀 정말 알고 싶으세요?

시장 얘기 해.

선녀 왜냐면… 당신은 마을의 그 쓰레기 같은 놈들보다도 못한 인간 이니까.

시장 (자리에서 일어나며) 나를 화나게 하면 안 되지. 하지만 아직 시간은 있어. 잘 한 번 생각해보라구. (퇴장)

19. 함수관계의 부산물들

허물어진 홍등가에 한낮의 햇살이 비춘다. 망구가 오래돼 보이는 요강을 끌어안고 있다. 정신이 나간듯하다.

망구 벌레, 벌레들… 집을 부수다가 청아가 나왔어요. 벌레들이 청아를 먹고 있었어요. 벌레들이 청아를… (구역질을 시작한다)

봄. 햇살이 금강마을을 내리쬐고 있다. 선녀가 붉은 드레스에 하이힐을 신고 사뿐사뿐 춤추며 등장하여 무대를 돈다.

선녀 아직은 돌아가기엔 너무 이른 시간.
햇살이 하 좋으니 물놀이 가면 좋겠다.

코러스 선녀가 어떻게 감옥에서 나왔는지는
아무도 모르는 일
물어서는 안 되는 일
그저 소문만 무성한 일
허나 알 법도 한 일

무꾼이 술에 취해 비틀거리며 등장하여 바위 밑에 감춰둔 선녀의 날개옷을 꺼내서 갈기갈기 찢어버린다.

무꾼 조지나 뱅뱅, 술독이 바닥났네.

니기미 뿅이다, 술 바가지 깨진다.

반신불수의 무당이 아직도 목이 터지지 않아 꺼억꺼억거리며 무대를 돈다. 화차 소리가 들린다. 코러스들이 화차를 구경하며 즐겁게 춤춘다.

박첨지 화차가 들어온다. 화차가 들어와! 봄, 봄, 봄이로구나, 봄, 봄.

산받이 여보게.

박첨지 왜 그러나?

산받이 그렇게 좋은가?

박첨지 암, 좋구말구. 다리가 놓이구, 그리로 화차가 들어오구. 젊은 처녀들 고향으로 돌아오니 총각놈들 입이 찢어지고. 모다 열심히 일한 덕으로 이제 우리 금강마을은 팔자 폈네, 팔자 폈어! (춤추며 코러스에 합류한다)

선녀 어, 내 날개옷. 누가 이렇게 찢어놓았을까? (날개옷을 걸친다) 이젠 날 수가 없겠네. 돌아갈 수가 없겠어. 그래도 한 번 날아볼까? (탈고사 지내던 고목 주변을 돌면서 하늘로 나는 시늉을 하며 노래한다) 햇살이 하 좋으니 아직은 돌아가기엔 너무 이른 시간. 아직은… 아직은…

무당의 꺼억거리는 소리에 화답하듯 망구가 목청 높여 청이를 부른다. 선녀는 노래를 다 마치지 않은 채 날개옷을 벗어 고목에 건다. 그리고는 아무렇지도 않다는 듯 목을 맨다. 무대 한편에서 청이를 부르던 망구가 일어나 비척비척 몇 걸음 걷다가 다시 쓰러진다. 어느 사이에 선녀의 모습은 보이지 않고 고목에는 가는 미소를 띤 선녀탈만 댕그라니 걸려있다.

20. 저들을 위한 벙어리굿

드디어 꺼억거리던 무당의 목이 터지고 다시 탈고사가 진행된다. 병신 무당의 구음이 깔리는 가운데 모든 광대들이 소리를 보태어 상처받은 이들과 죽은 이들을 달래는 굿이 열린다.

— 끝.

홍동지놀이

나오는 사람들

박첨지	홍동지
꼭두각시	왕
왕비	애첩 야야
박사	내관
전령	포수
영노	상주
산받이	

나오는 인형들

박첨지	홍동지
아기 홍동지	이시미
꼭두각시	돌머리집
소무 1, 2	상여꾼들
매, 꿩	절

이 희곡은 남사당패의 '꼭두각시놀음'과 졸작 '홍동지는 살아있다'를 토대로 삼았으며 산대백희(山臺百戲) 형식을 위해 새롭게 창작된 것이다.
배우와 인형의 출연은 정확하게 구분 짓지 않고 상황에 따라 알맞게 나누는 것이 좋겠다.

〈홍동지놀이〉 초연기록

· 한국예술종합학교 중극장
· 2007년 6월1일
· Staff

연　출_　　김광림
작　곡_　　원일
안　무_　　박준미, 서혜진
미술감독_　　임건수
무대디자인_　　전혜신
조명디자인_　　신재희
의상디자인_　　성영심
분장디자인_　　이동민
인형디자인 및 제작_　장동욱, 양한일, 오승택, 하은정
소품디자인 및 제작_　신승렬, 김소라
드라마터그_　　전영지
조 연 출_　　박인선, 송정안
출　연_　　오대석, 김도형, 신기원, 최영숙, 김수정, 나은선, 이혜숙,
　　　　　　　임진웅, 이훈국, 이희준, 박선혜, 최두리, 이영수
악　사_　　김동근(대금). 김동국(장구), 박계전(피리), 오단해(타악, 창)

1. 절 짓는 거리

배우들이 노래하며 등장하여 절을 짓는다.

(노래)

에 화상이 절을 지어

에 화상이 절을 지어

이 절을 질 양이면

에 화상이 절을 지어.

금강산 꼭대기 유점사 지어

에 화상이 절을 지어

이 절에다 시주를 하면

아들도 낳고 딸도 낳지.

에 화상이 절을 지어

이 절에다 시주를 하면

만대 청춘 무병 장수

에 화상이 절을 지어

이 절에다 시주를 하면

에 화상이 절을 지어

2. 팔도강산 유람 거리

뒤늦게 허둥지둥 등장하는 박첨지.

박첨지 어이! 이거 봐! 거기 젊은이들!

산받이 웬 노인이 남의 놀이판에 와서 난가히 떠드는가?

박첨지 웬 노인이 아니라 내 살기는 저 웃 녘 사네.

산받이 웃 녘 살면 다 영감 집이란 말이지?

박첨지 웃 녘 산다고 서울 장안이 다 내 집일 리가 있나? 내 주소 성명을 일러줄 테니 한 번 들어보게. 저 동대문 안을 썩 들어서서 일간동 이묵골 삼청동 사직골 오궁터 육조앞 칠관헌 팔각재 구리개 십자가 청량리 만리동 아랫 벽동 웃 벽동 다 젖혀놓고 가운데 벽동 사는 박활량 박노인이라면 세상이 다 아네.

산받이 박활량이라면 세상이 다 알아?

박첨지 암, 아다마다.

산받이 헌데 어째 나왔나?

박첨지 어째 나온 게 아니라 내가 저녁지어 먹고 길가에 나와 앉아 담배를 한 대 빼무는데 아, 어디서 떵꿍 하는 소리가 들리질 않겠는가?

산받이 그래서?

박첨지 그래서 만사 젖혀놓고 이게 웬 떵꿍이냐 달려오다 보니 여기서

'홍동지놀이'를 한다지 않겠는가?

산받이 노친네가 노는 것은 되우 밝히네.

박첨지 젊어 잘 뛰던 말이 늙어서도 같으랴마는 내 소시 적에 땡꿍 소리만 나면 저절로 아래가 휘청휘청 어깨가 으쓱으쓱 했는데 늙어졌다고 그것이 없어지겠는가? 더구나 오늘처럼 손님이 이렇게 인성만성하고 만산편야 하니 이 늙은 것이 아니 놀고는 못 배기네.

산받이 못 배겨?

박첨지 암 못 배기지.

산받이 못 배기면 병나지.

박첨지 그러니까 장단 한 번 울리게.

산받이 그러게.

박첨지 (장단에 맞춰 춤추며 노래한다)

팔도강산 구경 간다. 팔도강산을 유람 간다.
전라도라 지리산, 하동 섬진강 구경을 하고
경상도 태백산, 상주 낙동강 구경하고
충청도라 계룡산은 공주 금강을 구경하고
강원도 금강산, 일 만 이 천 봉 구경을 하고
함경도라 백두산 두만강 천지수 구경을 하고
평안도라 묘향산은 청천강수를 구경하고
황해도라 구월산이면 성지 불상을 구경하고
경기도로 썩 내려와 파주 임진강 구경을 하고
삼각산 나린 줄기 봉황이 추춤 생겼고나.

봉황 앞에는 대궐 짓고, 대궐 앞에는 육조로다.

왕십리 청룡 되고, 동구재 만리가 백호로다.

서줄 동류 하였으니 장안 만호가 여기로다.

이런 구경을 다 하자면 몇 해가 갈지 모르겠으나

인생이 한 번 늙어지며는 다시 청춘은 어려우니

구구장창 놀며 가자. 아니 놀지는 못하리라.

어떤가?

산받이 영감 참 잘 노네.

박첨지 암, 잘 놀고 말고. 허나 소시적 같지가 않아서 숨이 헐떡헐떡 다리가 후들후들 가만히 서 있기도 힘이 드네. 나 좀 쉬었다가 나오겠네. (퇴장)

3. 이시미 거리(인형극)

왕과 야야 등장. 내관이 뒤에 조아리고 서 있다.

왕　　인형 놀자.

내관　네입. (산받이에게) 폐하께서 인형 노시자시네.

산받이　알았네.

　　　　박활량 박노인!

박첨지　왜 불러?

산받이　폐하께서 인형 놀자시네.

박첨지　알았네.

인형놀이가 준비되는 사이 야야가 노래한다.

야야　지는 꽃잎을 잔에 띄워

　　　　소리 없어 보내오나

　　　　가신님은 소식 없고

　　　　귀밑머리만 세누나.

야야가 노래하며 마술을 보여준다.

왕　　야야, 슬프다, 야야.

야야　야야, 야야!

인형놀이가 시작된다. 인형 박첨지가 허둥지둥 등장한다.

박첨지　여보게.

산받이　그새 또 나왔는가?

박첨지　내 아무리 힘들어도 우리 조카딸, 조카며느리가 용강 이시미한
　　　　테 물려서 다 죽게 생겼는데…

산받이　벌써 물려 죽었어.

박첨지　벌써 죽었어? 내 이놈을 그냥… 우리 조카딸, 조카며느리 원수를
　　　　갚아야겠네. (이시미 있는 반대쪽으로 간다)

산받이　여보게, 어디 가는가?

박첨지　원수 갚으러!

산받이　저쪽이여!

박첨지　아, 그쪽인가? 이크, 이 물 건너야 하나?

산받이　암, 건너야지.

박첨지　이 물 깊은가?

산받이　암, 깊지.

박첨지　옷도 벗어야 하나?

산받이　암, 벗어야지.

박첨지　점잖은 체면에 옷을 어찌 벗겠는가?

산받이　그럼 원수는 다 갚았네.

박첨지 까짓 것, 그냥 건너면 되지, 뭐. 앗, 차거. 앗, 차거. (주춤거린다)

산받이 아, 마음을 단단히 먹고 가봐.

박첨지 마음을 단단히 먹어?

산받이 아무렴!

박첨지 네미, 이승에서 못 살면 저승에서 살면 되지. 마음을 단단히 먹고…

산받이 발길로 차고…

박첨지 발길로 차고…

산받이 주먹으로 쥐어지르고!

박첨지 주먹으로 쥐어지르고

산받이 대갈빼기로 디려받고

박첨지 대갈빼기로 디려받고, 이까짓 것, 이까짓 것.

주둥이만 보이던 이시미가 물 위로 나타나 박첨지를 문다.

박첨지 아이고 여보게, 우리 사춘 조카 좀 불러주게.

산받이 사춘 조카가 어딨어?

박첨지 우리 홍동지 말이야, 어서!

산받이 알았네. 산너머 뒨둥아!

홍동지 왜 불러?

산받이 어서 나와 봐!

홍동지 똥노. 똥노.

산받이 아, 이눔아! 지금 똥눌 때가 아니여. 빨리 좀 나와 봐.

홍동지 가만 있어. 밥 좀 먹고.

산받이 밥은 이눔아, 너 외삼춘 하나 있잖아?

홍동지 외삼춘인지 뭔지 하나 있지.

산받이 그 외삼춘인지 뭔지가 용강 이시미한테 물려서 식은 방귀 뀌게 생겼어. 빨리 나와봐!

홍동지 알았어. 어디?

산받이 반대루!

홍동지 여기?

산받이 아니, 그 반대!

홍동지 여기?

산받이 그래, 거기!

홍동지 이크, 이 물 건너야 되여?

산받이 아, 건너야지, 이눔아!

홍동지 아 차거, 아 차거. 송사리가 불알을 문다!

홍동지가 이시미의 주둥이를 열고 박첨지를 꺼내고 나서 이시미와 싸운다.

홍동지 이까짓 것.

박첨지 아이고 살 뻔했네.

산받이 살 뻔이 아니라 죽을 뻔이겠지. 이 노인네야.

4. 홍동지 큰절하는 거리

왕이 인형극을 보고 있는데 전령이 달려 들어온다.

전령   폐하, 폐하!

왕   이 미친놈아, 인형 놀 때는 들어오지 말라구 그랬잖아!

전령   폐하, 폐하!

왕   폐하 숨넘어간다. 왜 그러냐?

전령   장관께서… 서거하셨습니다.

왕   거 참 잘됐다. 그놈 일은 안하고 만날 폭탄주만 처먹더니…

전령   그게 아니라…

왕   그게 아니라, 뭐?

전령   그게 아니라 용강 이시미한테 잡혀 먹히셨습니다.

왕   정말이냐?

전령   네. 이 두 눈으로 분명히 봤습니다.

왕비가 몸종을 데리고 등장.

왕비   아이고, 아이고.
         불쌍코나 우리 장관
         북망산천이 웬 말이냐?

이제 가면 언제 오나

원통해서 못 가겠네

왕 진정하시오, 왕비.

왕비 장관께서 가셨는데

왕께서는 잘코사니

천한 계집 끌어안고

인형놀이가 웬 말이냐?

왕 끌어안기는 누가 끌어안았다구 그래?

박사 등장.

왕 박사, 장관이 이시미 아가리로 들어간 모양인데 다시 꺼내기는
어렵겠지?

박사 어려운 게 아니라 아예 안 되지요.

왕 그거나 그거나. 어찌됐건 장관 원수를 갚아줘야 할 모양인데 이
시미란 놈을 잡아 죽이긴 어렵겠지?

박사 어렵고 자시구 할 것도 없이 진즉에 죽었습니다.

왕 이시미 말이야.

박사 네, 이시미 말입니다.

왕 이시미가 죽었어?

박사 네입.

왕 왜?

박사 홍동지란 놈이 때려죽였답니다.

왕	때려죽여?
박사	네입.
왕	왜?
박사	그놈이 그걸 잡아가지구 껍질을 벗겨가지구 마포 가서 팔아가지구 큰 돈을 벌어가지구 명주천으루다 바지저고리 해 입고 화개동 가서 술 받아먹구 기생 불러가지구 떵꿍 한판 크게 놀아가지구…
왕	이보시오, 박사!
박사	네입.
왕	결론이 뭐야, 결론이?
박사	결론은 이시미가 홍동지를, 아니 홍동지가 이시미를 껍질을 벗기는데 마포 가서 막걸리를 받아먹으려고…
왕	박사!
박사	네입.
왕	(내관에게) 이번 달 박사 월급 10환 감봉하시오.
박사	폐하께서 그러하시다면 저는…
왕비	박사는 공부를 너무해서 저 모양인가? 내관, 가서 홍동지를 불러 오시오.
박첨지	안 됩니다, 왕비마마.
왕비	왜 안 돼?
박첨지	그놈이 벌거벗은 것이 거무틱틱하고 시뻘건 것이 아주 징글징글 하고 흉측스럽기 짝이 없는 놈이올시다.
왕	나라 안에 그런 무지막지한 놈이 있었어?
박사	네입.

왕	그런 끔찍한 놈을 불러서 어따 쓰게?
왕비	장관의 원수를 갚아준 은인 아닙니까? 국가유공자! 어서 불러오시오.
내관	(박첨지에게) 홍동지를 부르라시네.
박첨지	(산받이에게) 여보게, 우리 홍동지 좀 불러주게.
산받이	그러세. 산너머 뒹둥아!
홍동지	왜 불러?
산받이	어서 나와 봐.
홍동지	똥노, 똥노.
산받이	야, 이눔아. 지금 똥 눌 때가 아니야. 어서 나와 봐.
홍동지	가만 있어. 오줌 좀 누고.
산받이	지금 폐하가 찾으신다. 얼른 나와.
홍동지	왜?
산받이	야, 이눔아. 폐하께서 찾는다는데 왜가 어딨어? 얼른 나와.
홍동지	(등장하며) 폐한지 뭔지 밥은 주나?
산받이	암, 밥 주지.
홍동지	술도 주나?
산받이	암, 술도 주지.
홍동지	떡도 주나?
산받이	떡도 주지.
홍동지	여자도 있나?
산받이	이눔아, 어서 폐하께 엎드려 절하지 않고 뭐하냐?
홍동지	폐하가 어딨어?

산받이　저겄잖아?

홍동지　여기?

산받이　아니, 뒤에.

홍동지　여기?

산받이　아니, 그 옆에.

홍동지　(왕 앞에 서서) 여기?

산받이　그래, 어서 넙죽 절 한 번 하거라.

홍동지　절이라 그러면 내가 소시적부터 상가집이란 상가집은 죄다 다녔
지. 절 받으시오.

홍동지가 엎드려 절한다. 왕은 깔깔대고 웃고 왕비는 재미있다는 듯 구경하고 박첨지
는 어쩔 줄 몰라 허둥대고 야야는 모로 서서 곁눈질을 하고 있다.

홍동지　술 어딨나, 술?

박첨지　야, 이눔아! 술은 무슨 술이야?

홍동지　술을 먹을라면 여자가 있어야지. 여자가. (야야에게 다가가 손을 잡으며)
이 여자 나 해도 되나?

깔깔대고 웃던 왕이 고함을 지르고 야야가 놀라 저항하자 홍동지는 당황하여 '어허 어
허' 하며 뒤로 물러난다. 이 틈을 타서 박첨지가 홍동지를 밖으로 끌고 나간다.

홍동지　왜 술 안 주나, 술?

박첨지　이눔아, 어서 나가!

홍동지	치사하게 술도 안 줘? 치사하게. (퇴장)
야야	헉, 헉! (왕 앞에 무릎 꿇고 앉아 노래한다)
	마음은 명경수, 티끌도 비춰 보이나
	어지럽혀진 눈과 더럽혀진 손,
	마음의 물로도 씻기는 어려워라. (품에서 은장도를 꺼낸다)
왕	(손을 잡아 칼을 빼앗으며) 야야!
야야	(울며) 부끄러워… 야야가 얼굴을 들 수 없어, 야야….
왕	괜찮아. 울지 마, 야야.
왕비	폐하 그 손 놓으시오. 천한 계집에게…
왕	아, 죽는대잖아?
왕비	그깟 떠돌이 광대 년이 뭐 그리 큰 대수라고…
왕	떠돌이는 누가 떠돌이야?
왕비	폐하, 제발 체통을 좀 차리시오.
왕	체통? 괜찮아. 다 괜찮아. (다시 깔깔대며 웃다가) 홍동지… 홍동지, 그 놈을 어떻게 처리해야 하나?
야야	능지처참, 부관참시. 헉, 헉!
왕비	방자한 년. 주둥이 닥치거라!
왕	왜 그러시오, 왕비? 능지처참, 그거 나쁘지 않은데.
왕비	(외치듯) 국가유공자를 능지처참한다! 왕께서 천한 계집 하나 때문에… 아이고, 이 나라가… 아이고, 어떤 나란데… 아이고… 국가유공자가… 아이고…
왕	'아이고' 그만! 그만! 누가 능지처참을 한다고 그랬나? 능지처참 안할게. 그나 저나 저놈을 어떻게 한다?

왕비 궁에 데려다가 잘 가르쳐서 국가의 재목으로 키우시오, 폐하.

왕 누가 저런 놈을 가르쳐?

왕비 박사가 있지 않습니까?

왕 박사가?

왕비 박사가 글 가르치는 걸 못하면 박사가 아니지요. 안 그렇소, 박사?

박사 네입.

왕 저런 놈을 글을 가르쳐서 뭐에 쓰나?

왕비 문무 겸비. 양수 겸장, 국가의 재목!

왕 글쎄… 글 몇 줄 배운다고 사람이 달라질까? 그보다도 장관이 죽었으니 누굴 그 자리에 앉히나? (박첨지를 바라보며) 박씨, 당신 어때, 한 번 해볼 텨?

박첨지 저요?

왕 그래.

박첨지 저 말입니까?

왕 그래, 당신 말이야.

박첨지 무슨 말씀 그런 말씀, 저는 안 됩니다. 절대 안 됩니다.

왕 그냥 한번 해본 소리야. (사이) 아, 골치 아프다. 매사냥이나 가야겠다.

(노래)

평안감사 매사냥, 평안감사 꿩 사냥

감사 감사 매사냥, 감사 감사 꿩사냥

모두 노래하며 퇴장.

5. 매사냥 거리 (인형극)

박첨지 여보게.

산받이 또 나왔는가? 자네 참 바쁘네.

박첨지 아, 바빠야 먹구 살지. 그나저나 평안감사가 매사냥을 나온다는데 이거 참 큰일이네.

산받이 감산지 뭔지 부임하는 족족 매사냥부터 나오니 큰일은 큰일이네.

박첨지 기생 셋을 대령하라는데 이거 큰일 아닌가?

산받이 망할 자식이 사냥은 뒷전이고 댓바람에 기생 술타령인가? 거 진짜 큰일이구만. 우선 돌머리집부터 부르게.

박첨지 돌머리집을 불러도 괜찮을까?

산받이 아 괜찮지.

박첨지 자네가 좀 불러주게.

산받이 그러세. 용산삼게 돌머리집네!

돌머리집 춤추며 등장.

박첨지 여보게, 우리 돌머리집 춤이 어떤가?

산받이 여부가 있겠는가?

박첨지 또 누굴 부르나?

산받이 아, 자네 조카딸, 조카며느리 있지 않은가?

박첨지 그것들을 불러도 괜찮을까?

산받이 아 괜찮구 말구.

박첨지 자네가 좀 불러주게.

산받이 부르고 자시고 할 것도 없어. 벌써 나왔네.

박첨지 이것들이 감사한테 퇴자나 안 맞을까?

산받이 그럼 내가 기생 점고 한 번 해보겠네.

박첨지 그거 좋겠네.

산받이 고년 고거 참 이쁘다. 네가 누구냐?

소무 1 제가 비생이어요.

산받이 기생이면 기생이지 비생은 다 뭐야?

소무 1 아 참, 기생이어요.

산받이 너 어디서 왔느냐?

소무 1 거울서 왔어요.

산받이 서울이면 서울이지 거울은 또 뭐냐?

소무 1 아 참, 서울이요.

산받이 서울서 뭐했느냐?

소무 1 제가 선반에 나갔어요.

산받이 선반이 아니라 권번이겠지.

소무 1 아 참, 권번이요.

산받이 그럼 너 소리 잘 하겠구나.

소무 1 내가 소리하면 당신 똥구녁 쳐.

산받이 허 허. 미친단 말이지. 한번 해봐라.

소무1, 소무2, 돌머리집 춤추며 노래한다.

산받이 여보게, 어떤가?

박첨지 좋네, 좋아. 역시 내가 조카딸, 조카며느리 하나는 잘 뒀어. 그나저나 몰이꾼을 사야할 텐데 어디 가서 사나?

산받이 내가 구해줌세. 산너머 뒨둥아!

홍동지 똥노. 똥노.

산받이 이눔아, 똥은 그만 누고. 평안감사께서 꿩 사냥 나오셨다. 너 저 건너 싸리밭에 가서 꿩 좀 튕겨라.

홍동지 왜 귀찮은 일은 꼭 나야?

산받이 어서 이눔아!

홍동지 알았어. 워어이, 요어. 워어이, 요어….

포수, 매, 꿩 등장. 딸랑딸랑 방울소리. 꿩이 난다. 매가 날아 꿩을 잡는다.

(노래)
평안감사 매사냥, 평안감사 꿩사냥
만첩 산중에 매사냥, 만첩산중에 꿩사냥
이 산 너머서 매사냥, 저 산 가면서 꿩사냥

6. 홍동지 글공부 거리

홍동지가 박사를 따라 글공부를 한다. 맨발이지만 의관은 그런대로 갖춰 입었다. 쉴 사이 없이 뛰기도 하고 걷기도 하며 글을 외운다.

가나다라마바사아자차카타파하

기억자로 집을 짓고
니은 니은 살잤더니
디귿자로 디딜방아
리을 리을 릴리리야.
미음자로 몸을 보고
비읍자에 벅고놀이
시옷에서 새끼 까니
이응에서 응아 응아
지읒 지읒 지겹더니
치읓에서 치도곤이
키읔자에 키를 쓰고
티읕 티읕 타향살이
피읖자에 피멍들어
히읗 히읗 한 맺히네.

이일은 이, 이삼은 육, 이사 팔, 이오 십, 이륙 십이, 이칠이 십사, 이팔 청춘, 이구 십팔…

박사 글공부가 힘들지?

홍동지 이까짓 것. 힘 안 들어. 힘 안 들어.

박사 숨차니까 좀 앉았다 하자.

홍동지 숨 안 차. 숨 안 차.

박사 여기 좀 앉아봐. 토론학습시간이니까.

홍동지 토론이 뭐야? 나 괜찮아. 괜찮아.

박사 자식이 말도 드럽게 안 들어요. 기던지 뛰던지 맘대로 해라. 자, 그럼 질문 들어간다. 너 시장에 가서 짚세기를 사는데 한 켤레에 6환을 내라고한다. 그런데 너는…

홍동지 나 짚세기 필요 없어. 맨발이 좋아, 맨발.

박사 아니, 니가 짚세기를 산다고 치자 말이야. 그런데…

홍동지 짚세기가 필요가 없는데 왜 사? 안 사.

박사 그 자식 정말 말 안 듣는다. 좋아. 너 그럼 떡은 사냐?

홍동지 떡은 사지. 떡은 사.

박사 좋아, 그럼 떡을 사는데 떡 한 덩어리에 6환을 내라고 한다. 그런데 너는 10환짜리밖에 없다.

홍동지 나 돈 없어. 10환 없어.

박사 너 돈 있다고 치자 말이야.

홍동지 돈이 없는데 무슨 돈이 있다고 치나?

박사 어, 그 자식 정말로 말 안 듣네. (주머니에서 돈 10환을 꺼내주며) 좋아,

이 10환 니 꺼라고 치자.

홍동지 이거 내 꺼? 와! 박사가 맘이 좋아. 맘이 좋아.

박사 아니, 니 꺼라고 치자고.

홍동지 내 것이 아닌데 왜 내 꺼라고 치나? 나 싫다. 싫다.

박사 어, 그 자식 정말… 좋아. 그 10환 내가 너를 줬다고 치고…

홍동지 나를 준거야? 준 거?

박사 그래, 너 준걸로 하자. 그 10환으로 떡을 사러갔는데 떡 한 덩어리에 6환이다. 그럼 얼마를 거슬러 받아야 하느냐?

홍동지 주는 대로 받아야지. 주는 대로.

박사 이눔아, 셈은 바로 해야 할 것 아녀?

홍동지 그래야 해여?

박사 그래야 하지. 그러니까 떡 한 덩어리 6환 주고 사는데 10환을 냈다. 얼마를 돌려 받아야하느냐?

홍동지 육칠팔구십. 오환을 돌려받아야 하나?

박사 그게 아니라 (열 손가락을 펴주며) 10환에서 일이삼사오륙, 육환을 냈어. 얼마가 남냐?

홍동지 일이삼사. 4환이네. 4환.

박사 그렇지 4환이지.

홍동지 4환이다. 4환 4환.

박사 그런데 떡장수가 3환밖에 안 준다. 얼마를 더 달라고 해야 하나?

홍동지 뭘 더 달라 그래? 3환이면 됐지.

박사 이눔아, 셈은 바로 해야 할 것 아녀?

홍동지 그래야 해여?

박사   그래야 하지.

홍동지   그러니까 4환인데 3환이면 1환이다. 1환 1환.

박사   그렇지, 그렇지. 그러면 이번에는 4환을 돌려받아야 하는데 떡장수가 5환을 거슬러줬다. 얼마를 되돌려주어야 하느냐?

홍동지   되돌려주긴 뭘 되돌려주나? 골치 아프게. 그냥 5환 받아서 떡 한 덩어리 더 사 먹지.

박사   이눔아, 셈은 바로 해야 할 것 아니냐?

홍동지   셈은 떡장수가 바로 해야지, 왜 나만 바로 하나?

박사   이눔아, 그래도 한번 해봐. 4환을 받아야하는데 5환을 받았어. 얼마를 돌려줘야하나?

홍동지   그까짓 것, 1환 가지고 뭘 그래? 1환. 1환.

박사   좋아, 좋아. 아주 잘 했어. 그러면 이번에는 6환짜리 떡을 두 덩어리를 사려면 돈이 얼마나 더 필요하지?

홍동지   10환에 두 덩어리 달라고 졸라야지.

박사   그게 아니라 조를 땐 조르더라도 두 덩어리를 사려면 돈이 얼마가 더 있어야 하느냐 말이다.

홍동지   뭘 치사하게 그런 걸 따져?

박사   아, 이눔아. 따질 건 따져야지.

홍동지   아, 갑갑해서 미치겠다. 이 옷 벗으면 안 되여?

박사   옷을 왜 벗어, 이눔아!

왕비가 몸종을 데리고 등장하여 웃음을 머금고 얼마간 고운 눈길을 보내다가 퇴장한다. 이어 왕이 애첩과 내관을 대동하고 등장한다. 애첩은 홍동지에게 힐끔 묘한 눈빛을 보낸다.

왕	공부가 좋으냐?
홍동지	왜요?
왕	'왜요' 는 이눔아, 싫으면 싫다 그러지 '왜요' 가 뭐야, '왜요' 가?
홍동지	대놓고 싫다할 수가 있나?
왕	싫으면 싫다고 해, 괜찮어.
홍동지	싫지가 않다요. 싫지가 않아.
왕	자식이 뻗대기는… 너 술 한 잔 할 테여?
홍동지	술 있어여?
왕	진즉에 그렇게 나올 것이지… (야야에게) 오늘 한 잔 할까?
박사	네입.
왕	아니, 당신 말구. 그대, 어떤가?
야야	야야, 야야! (노래한다)
	한잔 술에 취해 그대 무릎 베고
	가는 눈 뜨고서 광대놀이 들으니
	그렇게 한 세상, 저렇게 한 세상
	가는 세월 누구라 붙잡을소냐?
왕	옳거니! 분위기 뜬다. 인형 놀면서 한잔 치자.
내관	네입. (산받이에게) 폐하께서 인형 노시자시네.
산받이	알았네. 박활량 박노인!
박첨지	왜 불러?
산받이	폐하께서 인형 놀자시네.

박첨지   알았네.

홍동지   박사가 나 10환 줬다요. 10환.

왕   박사가 수업료를 받아야지, 돈은 왜 주나?

박사   준 게 아니라 셈본 가르치느라 잠시 빌려주려고 했는데 자기 돈이 아니면 안 된다는 바람에 그럼 자기 돈이라고 치자고 했는데 치는 건 소용이 없다고 우기는 바람에 그럼 자기 돈은 자기 돈인데 그냥 제가 준 걸로 치자고 하다가…

왕   이보시오, 박사!

박사   네입.

왕   (내관에게) 이번 달 박사 월급에서 10환 감봉이다.

박사   폐하, 그렇게 되면 저는 전번 10환에다가 된둥이 10환에다가 또 10환 해서 도합 30환이 부족하게 되는 셈인데 이렇게 되면 저는…

왕   박사!

박사   네입.

왕   인형놀이 시작한다!

인형놀이 수레가 들어오고 술상이 차려진다. 모두 둘러앉아 술을 마시며 인형극을 구경한다.

7. 꼭두각시 거리 (인형극)

박첨지 여보, 한 상 노세.

산받이 아, 그러세.

박첨지 여보게, 내가 우리 마누라를 죄 없이 축출하여 나간 지가 수삼 년인데, 생각이 가끔가끔 나네 그려.

산받이 생각이 가끔가끔 나?

박첨지 이곳에 와 있다는데 자네가 좀 수소문해서 어떻게 우리 마누라를 좀 보게 해 줄 수 없겠는가?

산받이 나도 말만 들었지 보지를 못했네.

박첨지 아, 자네 수고스럽지만 우리 마누라 좀 불러주게.

산받이 가만히 있어. 내 가서 좀 물어볼게.

꼭두각시 등장.

꼭두각시 영감, 영감. 영감 소리가 어디서 나는 듯 나는 듯 하구려.

박첨지 할멈, 할멈 소리가 어디서 들리는 듯 들리는 듯 하구려.

꼭두각시 여보 영감, 영감.

박첨지 여보 할멈, 할멈. 만나보세, 만나를 보세. 할멈, 왔거든 빨리 들어오오. 들어를 왔구려. 할멈, 어서 이리오시오, 할멈.

꼭두각시 아이고, 영감. 이게 웬일이오? 영감 날 박대하여 몇 삼 년을 말만

들었지 일자 서신 돈절하고 현해하더니 별안간에 날 생각이 웬 말이오? 잘 되고도 잘 되었소. 영감 꼴이 잘 되었소. 청사 도포 흑사띠를 언다두고 칙대 장삼에 개털관이 웬 말이오?

박첨지 그거 다 할멈이 없는 탓이오.

꼭두각시 그런데 여보, 영감. 젊어 소시 적에는 어여쁘고 어여쁘던 얼굴이, 네에미 부엉이가 마빡을 때렸나, 웬 털이 그리 수북하오?

박첨지 네에미, 그러는 너는 율무기가 마빡을 때렸냐, 우툴두툴하고 땜쟁이 발등 같고 보리 먹은 삼닢 같고 비틀어지고 찌그러지고 왜 그렇게 못 생겼냐?

꼭두각시 영감 날 박대하여 문전을 나서 골골 몇 년 춘추 걸식을 하여 다니다가 저 강원도 괴미탄에 들어가서 도토리 밥만 먹었더니 요렇게 되었소.

박첨지 아따 그년 능글능글하기도 하다. 야 이년아, 너는 빤들빤들한 도토리 밥을 먹어서 그러냐? 나는 세모나고 네모난 메밀로 국수만 눌러 먹어도 얼굴만 매끌매끌 하다.

꼭두각시 여보, 우리 여러 해포 만에 만나서 이렇게 싸우지만 말고 어서 안으로 들어갑시다.

박첨지 들어가긴 어딜 들어가?

꼭두각시 아 여러 해포 만에… 회포!

박첨지 야 야, 해포구 회포구 말라비틀어진 북어포구 다 걷어치우고 이리와 내 말 좀 들어봐. 아, 할멈이 나간 지 여러 해 되는데 늙은 내가 혼자서 살 수가 있던가? 그래 내 작은집을 하나 얻었어.

꼭두각시 옳지. 영감이 알뜰살뜰 모아가지고 작은 집을 한 칸 샀단 말이지요?

박첨지 왜 기와집은 안 사고, 이 늑대가 할켜갈 년아! 그게 아니라 작은 마누라를 하나 얻었단 말이야.

꼭두각시 옳지, 옳지. 내가 돌아오면 김장하려고 마늘을 몇 접 샀단 말이지요?

박첨지 왜 후추 생강은 어떻고, 이 우라질 년아!

꼭두각시 그럼 뭐 말이오?

박첨지 너 작은 여편네는 아느냐?

꼭두각시 옳지, 내가 가면 영영 안 올 줄 알고 작은 여편네를 하나 얻었단 말이지요?

박첨지 아따 그년, 이제야 삼일 강아지 눈 뜨듯 하는구나.

꼭두각시 아이고 영감, 이게 무슨 날벼락 같은 소리요? 이런 험한 꼴 보자고 영감을 찾아 팔도강산을 헤맸단 말이오? 허나 기왕지사 작은 집을 얻었다니 어디 인사나 한번 받아 봅시다.

박첨지 인사? 그러지. 여보게.

산받이 말하게.

박첨지 우리 돌머리집 좀 불러주게.

산받이 알겠네. 용산삼게 돌머리집네.

돌머리집 왜요?

박첨지 허, 고것 참. 할멈, 돌아서.

꼭두각시 왜요?

박첨지 아, 돌아서서 좀 보아, 어떤가. 얼굴이 돋아 오르는 반달 같고, 물 찬 제비 같고, 키가 크도 적도 안하고, 이는 당사실로 엮어 센듯

하고, 돌아서면 뒷매가 사람이 반할 듯 하고, 앞으로 보면 어떻게 이상스러운지 끔찍끔찍 못 보는 저것 좀 보게.

꼭두각시 영감은 보기 좋아 그렇지만 나는 싫어, 나는 싫어. 돌머리집 나는 싫어. 나는 인사나 기왕 받자는 거니 인사나 한 번 받자. 자, 나는 돌아앉았다.

박첨지 얘, 돌머리집네! 그래도 내게는 큰 마누라요, 네게는 큰 어머니라, 큰어머니 그동안 안녕하십니까? 고생 얼마나 했습니까? 인사 한 번 해. 얌전하게 잘 여쭈어라.

왕비가 등장하여 이 광경을 보고 있다.

왕 어서 오시오, 왕비. 이리 앉으시오.

왕비 여기 그냥 서서 보렵니다.

왕 좋은 대로 하시구랴.

돌머리집이 꼭두각시의 머리를 들이받는다. 박! 캉! 쿵! 받는 소리.

꼭두각시 아이고, 아이고, 이게 무슨 인사요?

박첨지 그게 벼락인사다, 벼락 인사!

꼭두각시 그놈의 인사 두 번 받았다가는 사람 골병들어 죽겠다. 이 꼴 저 꼴 다 싫소. 나는 금강산 들어가 부처님이나 모실 테요. 세간을 갈라주시오.

박첨지 세간? 네년이 뭘 했다고 세간을 갈라 달래?

꼭두각시 여보 영감, 내가 시집와서 방아품 팔고 바느질품 팔아서 이 집 사고 땅마지기 산 것 아니오?

박첨지 아, 여보게.

산받이 왜 그러나?

박첨지 저년이 세간을 갈라 달라네.

산받이 아, 갈라줘야지.

박첨지 그럼 가르네. 세간을 나눈다. 온갖 세간을 나눈다. 농농 장롱 반다지 자개함롱 귀다지, 그건 모두 돌머리집 너 갖고 큰마누라는 뭘 줄까, 큰마누라 줄 게 있다. 부엌으로 돌아가서 찢어진 행주, 부러진 주걱, 깨진 매운 독 부적가리, 그건 모두 큰마누라 너 가져라. 갈 테면 가고 말 테면 말아라, 네에밀!

꼭두각시 잘되고 잘되었네. 잘되고 잘 되었어. 나 돌아가네. 나 돌아가네. 덜덜거리며 나 돌아가네.

왕비가 꼭두각시의 창을 따라 부르며 퇴장한다.

박첨지 잘 돌아 가거라. 가다가 개똥에 코나 박고 뒈져라.

왕 잘 돌아 가거라. 가다가 개똥에 코나 박고 뒈져라. 아, 분위기 좋았는데 개똥지바퀴 돼버렸다 야. 야야, 그대 재주 좀 보여줘.

야야 야야, 야야!

야야가 미술을 시작한다. 모두 미술에 홀려 넋을 놓고 구경한다. 야야의 미술에 걸린 건지 술에 취한 건지 왕이 잠든다. 내관이 왕을 업고 퇴장하고 야야가 그 뒤를 따라 퇴장한다. 나머지 사람들도 모두 퇴장하고 홍동지만 남는다. 홍동지도 술에 취해 '나 돌아 가네'를 흥얼거린다. 달이 밝다. 홍동지는 뛰어올라 달을 잡으려한다.

홍동지 (달을 향해) 이리 와, 이리 와!

야야가 등장하여 묘한 자태로 홍동지를 유혹한다. 야야에게 끄을려가는 홍동지. 반대쪽 에서 왕비가 등장한다. 왕비에게 가로막히는 홍동지. 숨박꼭질처럼 세 사람의 등장과 퇴장이 반복된다. 이어지는 남녀의 교성, 점차 커지다가 갑자기 뚝 그친다.

8. 홍동지 도주 거리

빈 무대. 지난밤의 흔적들이 널려있다. 왕이 앉았던 의자에 홍동지의 옷이 걸려있고 홍동지가 박사에게서 받았던 10환이 의자 위에 놓여있다.

전령   (달려 들어와 무대를 가로지르며) 홍동지가 도망갔어요. 홍동지 도망. 도망.

내관, 박사 들어오고 왕이 야야와 같이 들어온다.

왕   그놈이 얼루 간 거야?

박사   듣기로는 백두산으로 범 사냥 갔다는 소리가 들리기는 하는데…

왕   범 사냥을 가?

박사   네, 범 사냥을 가는데…

왕   백두산으로?

박사   네, 백두산으로 범 사냥을 떠나는데 벌거벗고 맨발로 성큼성큼 훨훨 날 듯이 순식간에 저만치 산 너머 사라졌다는 얘기가 사람들 사이에서 오간다고 아까 동네 사람들이 그러기는 합니다마는 제 생각으로도…

왕   박사!

박사   네입.

왕	옷은 왜 여기 벗어 놓았다더냐?
박사	이 10환은 제 것이옵니다. 제가 다시 회수하렵니다.
왕	박사!
박사	네입.
왕	제 자리에 도로 놓으시오.
박사	네입.
왕	(전령에게) 어젯밤에 그놈이 왕비하고 같이 있는 걸 본 사람이 있다 던데 어서 가서 왕비 오라고 해라.
전령	네입. (퇴장)
왕비	(등장하며) 어떤 미친년이 그따위 소리를 했는지 나는 안다오. 바로 그년이 저 의자에서 그놈의 옷을 벗기고 그 위에 그놈을 길게 눕 히고서 더러운 짓을 하는 걸 나는 보았다오.
왕	뭐야?
왕비	아이고, 이 나라가 어찌되려나? 광대 년 주제에 왕좌에 걸터앉아 짐승 같은 놈과 짐승 같은 짓을… 아무 일도 없었다는 듯한 저 표정! 아이고, 저년이 간도 크지. 왕비를 걸고넘어지네. 마녀 하 나가 나라를 들어먹는데 아무것도 모르시는 왕께서는 저 더러운 몸뚱아리 뭐가 그리 좋으실까? 아이고, 이 나라가… 아이고, 어 떻게 세운 나란데… 아이고, 못된 계집하나가… 아이고, 나라 말 아먹네. 아이고, 아이고.
왕	아이고, 시끄러. '아이고' 그만 좀 해, 아이고! (야야에게) 저게 무슨 소리야, 야야? 저게 정말이야?
야야	헉, 헉. 마음은 명경수, 티끌도 비춰보이나…

왕　　그 노래 알아. 아는데… 야, 미치겠다. 그놈을 끌어들인 건 왕비고 그놈의 눈길이 처음 꽂혔던 건 그대란 말이지. 그놈이 힘이 좋으니까 둘 다를 상관했을 수도 있을 꺼라.

왕비　정신 좀 차리시오, 폐하!

야야　헉, 헉!

왕　　진상이 밝혀질 때까지 둘 다 옥에 들어가 있어! 내관, 데리고 가!

내관　네입.

내관이 왕비와 야야를 데리고 나간다.

왕비　이보시오, 폐하!

야야　마음은 명경수, 티끌도 비춰보이나
　　　　님의 눈에 타오르는 질투의 불길
　　　　마음의 물로도 끄기는 어렵구나.

왕　　아, 골치 아프다. 매사냥이나 가야겠다.

9. 영노 거리

전령이 달려 들어오며 소리 지른다.

전령   큰일 났어요. 큰일. 영노가 나타났어요. 영노가.

왕   야, 이 자식아! 왜 맨날 너만 나타나면 큰일이 나냐?

전령   진짜로 큰일 났어요. 영노가 나타났어요. 이리로 오고 있어요.

왕   영노는 또 뭐야?

박사   영노라고 아무거나 닥치는 대로 다 먹어치우는 아주 흉한 놈인
데… 바다 건너 멀리서 왔기 때문에 말이 좀 서툴긴 하지만 힘
하나는 당할 재간이 없는… 아주 괴상한 놈으로서 노릿노릿 노
린내 풍기면서 이리저리 바쁘게 다니는 것이 아주 악착스럽기가
짝이 없는 놈으로서…

왕   박사!

박사   네입.

왕   지금 바쁘니까 나중에 감봉이다.

박사   폐하! 이러시면 저는 나중에 마누라쟁이한테…

영노가 뱀뱀거리며 등장한다.

왕   저게 영노야?

전령	영노, 영노!
왕	박사, 어떻게 좀 해봐!
박사	저로서는 폐하⋯ 아, 이거 마누라쟁이가⋯ (퇴장)
왕	이눔아, 야 이눔아!
전령	홍동지를 부르지요
왕	빨리 불러!

영노가 왕에게 가까이 온다. 왕과 전령이 영노를 피해 도망 다니는데 영노는 뱰뱰거리며 계속 쫓아온다.

전령	(산받이에게) 홍동지 좀 불러줘요.
산받이	그놈이 쉽게 올지 모르겠네.
전령	아무려나 좀 불러봐요!
산받이	알았네. 내 부르기는 불러보네마는⋯ 산너머 된둥아! (사이) 대답이 없어. 그놈이 벌써 백두산 다 간 모양이네.

영노가 왕 앞을 가로막고 서서 뱰뱰거린다.

왕	(전령을 밀어 영노 앞에 세우며) 어떻게 좀 해봐!
전령	야, 이놈아! 네가 무어냐?
영노	뱰뱰⋯ 내가 영노다.
전령	너 어디서 왔어?
영노	물 건너 왔지.

전령   물 건너 여긴 왜 왔어?

영노   밸백… 밸밸밸백… 배가 고프니까 왔지.

전령   (왕에게) 배가 고프다는데요?

왕   배가 고파? 그럼 먹을 걸 줘야지. 뭘 먹겠는지 물어봐.

전령   너 무얼 먹니?

영노   무얼 먹어? 아무거래도 먹지.

전령   아무거래도 먹어? 그럼 너 술 먹니?

영노   술? 마시는 게 돼서 잘 먹지.

전령   애, 그럼 너 기름도 먹니?

영노   기름? 고소한 거니까 더 잘 먹지.

전령   그런 기름 말고 석유 말이야, 석유!

영노   석유는 비싸니까 제일로 잘 먹지.

전령   너 그럼 저 바다 먹니?

영노   바다도 먹는다.

전령   그 넓은 걸 먹어?

영노   먹지.

전령   그럼 땅 먹니?

영노   땅도 먹지.

전령   하늘 먹니?

영노   하늘도 먹지.

전령   그럼 너 뭘 못 먹니?

영노   안 먹는 거 빼고 다 먹지.

전령   그런데 어째 여기 나왔어?

영노 뱰백… 뱰뱰백… 너 잡아먹으러 왔지.

왕과 전령이 영노를 피해 도망간다. 영노는 뱰백거리며 악착같이 따라간다. 왕과 전령
이 궁지로 몰린다.

전령 (왕의 뒤에 숨으며) 폐하, 저로서는 할 데까지 다 했으니 이제 폐하께
서 좀…

왕 야, 이놈아 밀지 좀 마! (영노에게) 야, 이놈아! 네가 뭐하는 놈이냐?

영노 날물에 들 잡아먹고 들물에 날로 잡아먹고 뭐든지 다 먹는 영노
다! 뱰백 뱰백. (왕에게 달려든다)

왕 어이쿠, 야 이놈아. (전령을 밀쳐내며) 너 이놈부터 잡아먹고 나는 나
중에 먹으면 안 되겠니?

영노 이건 누군데?

왕 이거 내 아랫것이야.

영노 아랫것? 아랫것, 아랫것, 아랫것…

전령 폐하, 저도 저놈 아가리에 들어가긴 싫습니다.

왕 야, 아무리 싫어도 너부터 들어가야지 내가 먼저 들어갈 수야 있
냐? 가만히 좀 있어봐!

전령 폐하!

영노 폐하가 뭐야?

왕 폐하가 왕이다, 이놈아!

영노 왕? 왕이 맛있는 걸 많이 먹어서 맛있다던데… 그럼 왕부터 잡아
먹어야지. 뱰백 뱰뱰뱰백… (왕에게 달려든다)

왕   (피해 달아나며) 야, 이놈아! 맛없는 거 먼저 먹고 맛있는 거 나중에 먹으면 안되니?

영노   안되겠는걸.

왕   (달아나며) 가만. 가만 좀 있어봐, 이놈아! 생각 좀 하게. (전령에게) 야, 내가 이렇게 생각했다.

전령   어떻게 생각하셨는데요?

왕   자세히 생각을 했어. (사이) 저놈을 네 할애비라고 해볼까?

전령   좋은 생각입니다.

왕   야, 영노야.

영노   왜?

왕   너 니 할애비도 먹니?

영노   할애비? 할애비 할애비 못 먹지.

왕   왜 못 먹어?

영노   할애비가 애비를 낳고 애비가 날 낳았으니까 할애비 못 먹지.

왕   내가 니 할애비다, 이놈아!

영노   그럼 못 먹겠는 걸.

왕   아이구 살았다.

영노   할애비 아닌데?

왕   뭐야?

영노   내 할애빈 털이 노란 걸.

왕   내가 이놈아, 젊어 보이려고 검게 염색을 좀 했어.

영노   그런 거야?

왕   그런 거지 이놈아!

영노 그래도 할애비 아닌 걸?

왕 아니긴 또 뭐가 아니야, 이눔아!

영노 내 할애빈 애저녁에 죽었걸랑?

왕 뭐야?

영노 밸밸 밸백 내가 내 할애빌 모를까봐? 밸밸밸밸 밸백.

영노가 왕에게 덮친다. 왕은 무대 밖으로 달아나고 영노가 좇아나간다. 빈 무대.

10. 상여거리 (인형+배우)

상여가 들어오는데 박첨지가 곡을 하며 뒤따라온다. 상여꾼들이 지쳐 바닥에 주저앉는다.

산받이 여보게!

박첨지 엉?

산받이 그거 누구 상연데 그렇게 슬피 우나?

박첨지 이거 우리 상여 아닌가?

산받이 그게 평안감사 상여여.

박첨지 어째 암만 울어도 눈물이 안 나오고 싱겁더라. 정말로 평안감사
가 죽었는가?

산받이 죽었으니 상여가 나가지.

박첨지 그놈 아주 잘 뒈졌다. 헌데 왜 죽었다든가?

산받이 그놈이 매사냥 핑계로 기생들 끼고 술 처먹었는데 저 황주 동설
령 고개에서 낮잠을 주무시다가 개미란 놈에게 불알 땡금줄을
물려 즉사하고 말았다네.

박첨지 그거 아주 깨소금 맛이다.

상주가 뒤늦게 곡을 하며 등장한다.

상주	해콩, 해콩, 해콩.
박첨지	여보게. 해콩이 뭔가?
산받이	왜 묵은 콩이 아니고?
박첨지	아, 상주님이 애고 애고 해야지 해콩해콩이 뭐야?
상주	이게 평양 울음소리야. 한번 들어 볼 테여? 작년에 왔던 각설이, 죽지도 않고 또 왔네. 여래영덕 쓰러진 데 삼대문이 제격이고 열녀 춘향 죽어가는 데는 가사냥꾼이 제격이요. 갱시리 갱시리 댕기다가 미나리깡에 홀라당, 매화가 뚝딱, 콩나물 안방차지 내차지.
박첨지	이런 망할 자식 보게! 여보게!
산받이	말하게.
박첨지	그나저나 상여가 나가는데 상두꾼이 죄다 발병이 났으니 어떡하나? 우리 뒨둥이 좀 불러주게.
산받이	그놈이 백두산 갔어.
박첨지	그래도 돌아왔나 한번 불러보게.
산받이	내 부르기는 부르네마는… 산너머 뒨둥아! (사이) 그놈이 백두산에 아예 눌러앉은 모양이여.
박첨지	할 수 없네. 늙은 나라도 거들어야겠네.

박첨지가 상두꾼들을 일으켜 세운다. 상여가 움직인다. 박첨지가 '애고 애고' 하며 뒤따르고 상주는 '해콩 해콩' 하며 뒤따른다.

(상여소리)

너, 너, 너어허, 어거리 넘차 너어

너, 너, 너어허, 어거리 넘차 너어

만첩청산 들어가서 성죽으로 울을하고

너, 너, 너어허 어거리 넘차 너어

두견으로 벗을 삼어 석침을 비고 누웠고나.

너, 너, 너어허 어거리 넘차 너어

두견성이 노래로다. 거문고 소리도 노래로다.

너, 너, 너어허 어거리 넘차 너어

살은 썩어 물이 되고, 뼈는 썩어 황토 된다.

너, 너, 너어허 어거리 넘차 너어

삼혼칠백 흐트러질 때, 어떤 벗님이 나를 찾으랴.

너, 너, 너어허 어거리 넘차 너어

인생 한번 이 세상 나올 제, 어머님 전 살을 빌려,

너, 너, 너어허 어거리 넘차 너어

아버님 전 뼈를 타고, 석가여래 제도할 제,

너, 너, 너어허 어거리 넘차 너어

칠성님께 명을 빌고, 제석님께 복을 받어,

너, 너, 너어허 어거리 넘차 너어

상여소리 점차 멀어진다.

11. 꼭두각시 해산 거리

박첨지 여보게, 여보게!

산받이 여보게 숨넘어간다.

박첨지 큰일 났네, 큰일 났어.

산받이 찬찬히 좀 얘기해봐.

박첨지 마누라가 또 나를 찾아왔다는 소문이 들리는데…

산받이 벌써 저기 나오네.

꼭두각시 영감, 영감. 영감 소리가 어디서 나는 듯 나는 듯 하구려. 아이고 나 죽겠다.

박첨지 그년 참 비윗살도 좋다. 날 버리고 금강산 들어간다던 년이 어째 또 나왔어?

꼭두각시 영감 맨질맨질한 낯바닥을 보니 나 없이도 비편하지 않게 그렁 저렁 잘 사는 모양이구려. 아이고 나 죽겠다.

박첨지 그렁저렁이 아니라 배 두드리며 호강하고 산다, 이년아. 헌데 어째 또 나왔어?

꼭두각시 어째 나온 게 아니라 늙은 년이 불목하니로 연명이나 하려고 금 강산 꼭대기 유점사 너머가는 꼬부랑 산길을 올라가는데 갑자기 산기가 있어 부랴부랴 돌아오는 길이라오. 아이고, 나 죽겠다.

박첨지 산기? 야, 이년아, 이 화냥년아! 늙은 년이 창피하지도 않으냐? 어디 가서 애를 설어가지고… 우리 집안이 망신살이 뻗혔구나.

아이고, 우리 집안 다 망했다. 다 망했어.

꼭두각시 이년 저년 하지 마오. 이게 영감 아이요. 아이고, 나 죽겠다.

박첨지 할망구가 돌았나? 아, 하지도 않았는데 무슨 내 아이야, 이년아!

꼭두각시 아, 여러 해포 전에 영감 힘 좋고 우리 사이좋았을 때 낮이면 낮마다 밤이면 밤마다 하루에도 열두 번 씩 하지 않았소?

박첨지 그게 어느 옛날 고리짝 시절 얘긴데 이제 와서 애를 설어? 이년이 사람을 바지저고리로 아나?

꼭두각시 그때 그놈들이 뱃속을 돌아다니다가 이제야 자리 잡은 모양이오, 영감.

박첨지 저 화냥년이 이제 아주 생떼를 쓰고 지랄이네.

꼭두각시 아이고, 영감, 배가 아파 죽겠으니 어서 의원 좀 불러주시오.

박첨지 내가 왜 의원을 불러?

꼭두각시 사람이 배가 아파죽겠다는데 옛날 정리를 생각해서라도 의원 좀 불러주시오, 영감.

박첨지 여보게.

산받이 왜 그래?

박첨지 저년이 의원을 불러달라는데?

산받이 아, 불러줘야지.

박첨지 불러줘?

산받이 암, 그래야지.

박첨지 그럼 자네가 좀 불러주게.

산받이 꼭 내가 불러야하나?

박첨지 아, 그럼 자네가 불러야지 누가 부르는가?

산받이 자네가 좀 부르면 안 되나?

박첨지 내가 불러?

산받이 어서 불러!

꼭두각시 아이고, 나 죽는다. 빠진다, 빠져!

꼭두각시가 아기를 낳는다. 박첨지가 아이를 두 손으로 받아들고 위로 쳐든다. 아이의
모습이 홍동지와 꼭 같다.

박첨지 아들이네. 이놈이 어디서 많이 보던 놈 같은데… 여보게, 어떤
가?

산받이 그래, 어디서 보던 놈 같기는 허이.

박첨지 이 고추 좀 보아. 이렇게 잘 생긴 걸 보면 이놈이 나를 닮은 게야.
아들이다, 아들이다. 떡두꺼비 같은 아들이다. 나이 여든에 이것
이 웬 땡이냐?

꼭두각시 (신음소리를 그치며) 여보 영감, 나는 가오. (숨을 멈춘다)

박첨지 할멈, 할멈! 이크, 이거 거리 부정이 났네. 할멈이 식은 방귀를 뀐
모양이다. 아이고 마누라, 마누라! 아닌 밤중에 이게 웬 날벼락
이오? 핏덩어리 덜렁 낳아놓고 혼자 가면 날더러 어떡하란 말이
오, 할멈! 날 두고 어딜 갔소? 만수산 너머 송림촌엘 갔소, 영천
수 맑은 물에 탁족 갔소? 상산사호 옛 노인과 바둑훈수 갔소, 주
중전차 이태백과 술추렴하러 갔소? 어데로 갔소, 날두고 어데로
갔소, 할멈!

산받이 이보게, 할멈 인생이 불쌍허네. 금강산 유점사에 잘 모시고 축원

이나 해주게.

박첨지 알았네. 내 그렇게 해야겠네.

산받이 자네 나이 여든 넘어서 이제 겨우 철이 드는 모양이네, 그랴.

박첨지 예끼, 이 사람아.

여보게. 모다 어딜 갔는지 아무도 없네 그려. 자네가 날 좀 도와 줌세.

산받이 알았네. (박첨지를 거들어주며) 살아 구박댕이 할멈이 죽어 호강이네 그려.

아기 홍동지의 울음소리.

박첨지 (꼭두각시를 등에 업고 홍동지를 팔에 안고 퇴장하며)

금강산 유점사 망구 망구

죄 많은 할망구 망구 망구

부처님 전으로 망구 망구

금강경 법화경 망구 망구

불공을 드릴 제 망구 망구

이 세상 업일랑 훌훌 털고

가시게 잘 가시게 우리 망구

12. 절 허무는 거리

배우들이 절을 헐기 시작하는데 법당 안에 모셔놓은 부처님부터 들고 나간다.

에 화상이 절을 허네
에 화상이 절을 뜯어
이 절을 지으려고
에 화상이 절을 지어
이 절에다 절을 하면
부귀공명 자손만대
에 화상이 절을 허네
에 화상이 절을 뜯어
인생무상 무망 무실
천추만년 불공을 드려
에 화상이 절을 허네
에 화상이 절을 뜯어
극락세계 연화대로
만나보세 또 만나세
에 화상이 절을 허네
에 화상이 절을 뜯어

절을 다 뜨면 배우들 절을 하고 모두 퇴장한다.

— 끝